# Italo Svevo

# Con la penna d'oro

Texte et illustration de couverture : © domaine public
Edition : Culturea (Hérault, 34)
Contact : infos@culturea.fr
Retrouvez notre catalogue sur http://culturea.fr
Imprimé en Allemagne par Books on Demand
Design typographique : Derek Murphy
Layout : Reedsy (https://reedsy.com/)

Dépôt légal : janvier 2023


ISBN : 9791041842520

**Quattro atti**

**PERSONAGGI**

CARLO BEZZI

ALBERTA, sua moglie

ALICE, cugina di Alberta

TERESINA, zia di Alberta e Alice

CLELIA GOSTINI

DONATO SERENI

ROBERTO TELVI

Dottor PAOLI

CHERMIS

CAMERIERA

**ATTO PRIMO**

**SCENA PRIMA**

ALBERTA e CLELIA

Alberta Bezzi e Clelia Gostini. Sera. In una stanza contigua alla camera da pranzo che si vede in fondo e nella quale è occupata una cameriera.

ALBERTA    Certamente è utile che abbiate fatto un corso di infermiera, ma non era necessario. Mia zia è una malata cronica a quest'ora. Anzi tutto il suo organismo è sano fuori che alle gambe. Passa la giornata nella sua sediola ma dorme e mangia perfettamente. Perciò il vostro ufficio non sarà difficile.

CLELIA    Lo so. Però il mio salario dovrebb'essere un po' conforme alla mia condizione.

ALBERTA    (esitante). Certo per la zia è preferibile di avere accanto una persona che sappia parlarle, divertirla, leggerle. Ma qui bisogna vedere quello che sta meglio per me. Pago io perché la

3

zia non ha dei mezzi e debbo pagare perché essa abbia tutto quello che le è indispensabile, non altro. Io non penso di pagarle anche dei divertimenti.

CLELIA    Signora! Io capisco che facendo la carità se ne faccia meno ch'è possibile. (Alberta ride.) Lei è però conosciuta come una persona generosa. Io voglio dedicarmi interamente a sua zia. Interamente! Ma da una persona com'è Lei posso aspettarmi anch'io un po' di carità.

ALBERTA    (ride e ride anche Clelia). Lei vuole dire che qui posso spendere un po' di piú perché invece che una sola carità ho da farne due?

CLELIA    (non ride piú). Io debbo anche vestirmi in modo degno delle persone che servo e anche degno della mia condizione e delle persone che mi raccomandarono tanto calorosamente.

ALBERTA    (un po' seccata). Mi disturba... Ma sia... Mi toccherà di rifare i conti per stabilire quello che la zia mi costerà. Solo ciò mi disturba.

CLELIA    Se vuole che L'assista? Io so fare i conti perché mi preparavo ad entrare in un ufficio quando m'accorsi che le condizioni della mia povera famiglia m'avrebbero obbligata di lavorare. (Si asciuga delle lagrime pronte e abbondanti.) Scusi... tanto...

ALBERTA    (molto buona). Mi dispiace di averla commossa. Non era questa la mia intenzione. Scusi Lei me. Insomma, in quanto al salario siamo d'accordo. Capisco anche ch'Ella non può aspettare per avere l'impiego che la zia arrivi. Subito domani Ella potrà entrare da me. Le darò qualche lavoro di cucito. Se ne avrò il tempo passerò qualche ora con Lei a spiegarle come voglio sia trattata la zia. Sarà Suo compito di apportare un po' d'ordine nella casa di quella disordinata ch'è mia cugina Alice.

CLELIA    Chi?

ALBERTA    Non Le dissi ancora che la zia non abiterà da me ma da Alice?

CLELIA    (ansiosa). Ed io con la zia?

ALBERTA    Eh! Sí! Non lo sapeva?

CLELIA    No.

ALBERTA    (secca). Ebbene! Ora lo sa. Sta in Lei di accettare o rifiutare. La casa di Alice non è quello ch'è questa casa ma neppure là non manca il cibo, il riscaldamento e tutto quello che occorre. Capirà che altrimenti non vi metterei ad abitare la zia. Accetta di provare? Non ci sposiamo mica. Col debito preavviso che m'attendo da una ragazza a modo com'è Lei, Ella potrà restare o andarsene.

CLELIA    Accetto, accetto. Capirà signora che io mi figuravo mi sia concesso di restare presso di Lei. Era il mio conforto nella mia grande sventura. Sapevo della Sua bontà e mi sentivo tanto sicura presso di Lei! Avrei saputo farmi voler bene da Lei.

ALBERTA    Stia sicura che anche abitando Lei da Alice io sarò spesso con Lei e i nostri rapporti saranno molto seguiti. Della zia intendo di occuparmi come se stesse qui con me.

## SCENA SECONDA

CARLO BEZZI e DETTI

CARLO      Donato non è ancora venuto?

ALBERTA    No.

CARLO      Quando viene mandalo da me che gli faccio vedere quelle stampe che mi scno state offerte. Devo decidermi domani. L'avevo pregato di venire di buon'ora. Non c'è di peggio che aver da fare con un artista. (S'avvia.)

ALBERTA    Aspetta un momento. Avrei da dirti qualche cosa. (A Clelia.) Arrivedeci signorina. Venga domattina senz'altro.

CLELIA      A che ora?

ALBERTA    (esitante). Fra le 9 e le 11.

CLELIA      (un po' sorpresa). Verrò dunque alle dieci.

ALBERTA    Sí! Le dieci o le dieci e mezzo. (Clelia esce.)

CARLO      Chi è costei?

ALBERTA    L'infermiera per zia Teresina. La scelsi accuratamente. È carina e sperc farà alla zia la vita meno greve. Non mi costa pci troppo perché ho trovato una signorina a modo ad un prezzo non eccessivo. Ed anche per lei la situazione che le offro è una fortuna. Ciò è molto, molto bene. Siamo accomodati in tre: Io, lei e la zia. Sarà poi una buona compagnia anche per Alice.

CARLO      Tu, lei, la zia e anche Alice. Sono contento di vederti contenta. (S'avvia.) Se viene Donato mandamelo.

ALBERTA    (seccata). Te ne prego. Carlo, stammi a sentire per un momento. Non avviene mica di spesso ch'io ti strappi ai tuoi affari o alle tue stampe.

CARLO      (affettuoso). Me ne strappi piú di spesso di quanto credi. Non sono col persiero sempre a te?

ALBERTA    Anche quando ti occupi delle stampe?

CARLO      (esitante). Anche allora. C'è anche allora il sentimento che la mia collezione si trova in questa casa e che questa casa col suo ordine e la sua pace è tutta opera tua.

ALBERTA    (leggermente). Tu sai sempre dire delle cose gentili. Ma non mi basta. Ora devi pensare a me, dimenticando i tuoi affari e anche le stampe. Senti! Alice dice di aver bisogno di un aumento di almeno 1000 lire al mese.

CARLO      Eh! Capisco! La vita va diventando ogni giorno piú cara.

ALBERTA    Sarebbe una buona ragione perché noi si spenda di meno. Giusto perché il costo della

5

vita sale non siamo al caso di aumentare il denaro ad Alice.

CARLO        Come ragionamento non fa una grinza. Se tu hai deciso cosí sta bene; si tratta di una cugina tua.

ALBERTA      Proprio perché la cugina è mia, la mia posizione è alquanto piú difficile della tua. Io le dirò che debbo parlare con te perché senza la tua autorizzazione io non posso darle nulla. Ora è escluso ch'essa ch'è tanto fiera a te si rivolga ma pure potrebbe avvenire e allora voglio essere ben sicura che tu sia preparato.

CARLO        È semplice: Le dirò che non vuoi.

ALBERTA      Ma no! Se è questo che desidero di evitare. Devi dirle che non puoi darle di piú: I tuoi affari non vanno bene, i tempi son difficili e cosí via. Quando parlo con te non saprei credere che tu sia l'uomo d'affari astuto e accorto che dicono; a me sembri un semplicione qualunque e non capisco perché non ti truffino di tutto quanto possiedi.

CARLO        Ma i miei affari sono piú semplici dei tuoi. Ricorda che quasi tutti gli affari da me si fanno per telegrafo. E il telegrafo costa. Non posso dire piú di tante parole. Perciò lascio via tutte le parole superflue e divento molto furbo. Ma negli affari dove c'entrano le donne le parole costano meno ed è piú difficile di essere furbi. In quella volta proprio con Alice tu volevi io le dicessi che tu eri uscita. Glielo dissi ma poi si continuò a ciarlare insieme ed io, non so piú a che proposito, mi lasciai sfuggire le parole: Alberta or ora mi avvisò di non so che cosa.

ALBERTA      Era chiaro: Or ora!

CARLO        Sarebbe stato meno chiaro se tu, interpellata da lei, non avessi subito confessato d'essere stata a casa.

ALBERTA      Conoscendoti ti credetti capace di averlo detto anche piú chiaro.

CARLO        Fosti danneggiata dalla tua sfiducia. C'è da me talvolta una piccola assenza. Sto preparando quei dispacci. Poche parole quelle ma bisogna pesarle. Ora però ho capito: Devo far credere alla signora Alice che sono io che ti proibisco di darle una maggior quantità di denaro. Non mi fai fare una bella figura perché io anzi penso che non bisognerebbe lasciar soffrire una signora tanto bella e due bambini.

ALBERTA      Ma se le diamo tutto quello ch'essa domanda finirà con l'esigere molto; spenderà addirittura quello che spendiamo noi. Io penso d'accordarle la metà di quanto domanda.

CARLO        (ridendo). Noi in commercio ribassiamo di dieci, di venti per cento, ma mai di cinquanta.

ALBERTA      Quanto farebbe il venti per cento?

CARLO        Dovresti darle ottocento invece di mille lire.

ALBERTA      Mai piú! Sarebbe come concederle tutto. Alice spende troppo. Per i bambini e per se stessa. S'addobba come una principessa ed i bambini li veste di bianco. Dice che il bianco si può lavare. Ma anche altri colori si possono lavare e occorre lavarli meno di spesso.

CARLO        Capisco! È veramente male ch'essa spenda troppo. Ma non porta di solito i vestiti che tu smetti? L'altro giorno m'imbattei in lei sulle scale e pensai: Ecco un vestito ch'io ho già abbracciato.

ALBERTA    Bada che l'involucro non ti faccia sbagliare. Io ho fiducia in te perché studiando quelle parole brevi brevi dei dispacc: mi racconteresti tutto. Poi ho fiducia in Alice. (Sentitamente.) Quella poverina è l'orgoglio della nostra famiglia. Rimasta vedova tanto giovine avrebbe potuto procurarsi tanto facilmente i denari che io le rifiuto. (Commossa.) Sai! Io non penso mica di essere tanto crudele con lei. Per il momento credo sia prudente di non accordarle tutto quello che domanda. Poi vedremo. Certamente non la lascerò soffrire.

CARLO    (si china a lei per baciarla paternamente). Brava la mia capretta. Cosí ti amo.

## SCENA TERZA

### CAMERIERA e DETTI

CAMERIERALa signora Peretti.

ALBERTA    Alice! Venga, venga.

CARLO    Io mi salvo. Se Donato viene mandamelo subito. (Via.)

## SCENA QUARTA

### ALBERTA e ALICE

Alice è della stessi età di Alberta: 25 anni. Bionda mentre Alberta è bruna. Piú sottile di Alberta e di lei piú debole.

ALBERTA    (che l'ha baciata e abbracciata). I bimbi bene?

ALICE(sorridendo). Li ho lasciati in pianto. Emilio perché oggi è stato per la prima volta a scuola ed Elenuccia perché a scuola non può andare ancora. Insomma un pianto che non mi dà pensiero. Faremo tardi qui?

ALBERTA    No! Potrai lasciarci alle dieci o alle dieci e mezzo. Non abbiamo a cena altri che te, Sereni, Telvi e il dottore. I tuoi due pretendenti e il dottore per calmarli. Non è fatto mica a posta. Carlo ha bisogno del consiglio di Sereni per certe stampe ch'è in procinto di acquistare In quanto a Telvi è tanto sperduto che quando non lo invitiamo finisce col passare le notti nel suo ufficio. Mio marito dice che ruba il riposo ai guardiani e ai servi.

ALICE(commossa). Poverino!

ALBERTA     Sí! Poverino! Io, però, quando lo vedo mi fa un po' da ridere. È irresistibile! (Ridendo.) Ricordi? Arriva a casa... dice alla serva che non vuol cenare finché la moglie non rientri e l'aspetta. Quando si rassegna di sedere alla tavola trova la lettera della moglie. Insomma è come vedere qualcuno che scivola sul selciato. Si spezzerà un braccio ma si ride.

ALICE(ridendo anche lei). E... finí col cenare solo?

ALBERTA     Non so se abbia cenato. Studiò la lettera. La moglie non domandava perdono: Lo accusava. L'aveva seccata. L'aveva seccata con la sua pedanteria, e questo si capisce, ma anche col suo affetto sempre uguale e perciò monotono, con la sua compagnia, coi suoi affari, con le sue cure. Era molto e non so come l'abbia sopportato. Il giorno appresso era molto abbattuto ma due giorni dopo arrabbiato, eppoi furente. Adesso, dopo averci pensato tanto, egli è sicuro di aver avuto la disgrazia d'essersi imbattuto in una donna ch'era un mostro e... ne cerca un'altra che non sia tale.

ALICE(sorridendo). E tu vorresti propormi a quel posto?

ALBERTA     Ebbi per un momento tale idea. Cioè avrei fatto del mio meglio per farvi trovare insieme e far venire a te l'idea di proporti. Come affare sarebbe stato ottimo per tutti meno per te stessa forse. Quando tu ti fossi rassegnata di sopportare un uomo buono, ma un po' vecchio, un po' gottoso; buono, ma metodico come una macchina; buono ma - come Emma me lo disse il giorno prima di scappare - tale che quando arriva a casa parla ancora di affari se non ha le mascelle tese dallo sbadiglio o abbandonate per una silenziosità ch'è come una qualità della sua bocca perché di dietro c'è una scatola riempita di una materia cerebrale poderosa ma priva di vitamine, nessuno potrebbe avere a ridirci nulla. Ma tu non lo puoi fare perché non si può. Egli è sposato definitivamente e dacché abbiamo perduto Fiume non c'è piú rimedio.

ALICEMeno male che cosí son salva.

ALBERTA     (volubile). Sí! proprio salva se cosí si può dire per significare di aver perduto una buona occasione per arricchire te e i tuoi bambini. Io studiai la cosa. Mi fu facile perché in un primo tempo egli sentiva il bisogno di avere un confidente, anzi una confidente, e quando sospirava di aver perduto con la donna anche la casa e la quiete, m'era facile di dirgli: Ma, vediamo, non tutte le donne sono scappate. Mettiamo al suo posto un'altra e la casa e la quiete ritornerebbero. Ma è un disgraziato! Deve restare italiano fino alla morte perché certi suoi interessi gl'impediscono di mutare di nazionalità, e perciò non c'è via al divorzio. Perciò resta eliminato. Io ti conosco bene e so come tu pensi.

ALICEEh! già. (Un po' ridente; poi spiega.) Fra l'impossibilità di avere il divorzio e quella mancanza di vitamine non c'è da avere dei dubbi. Lasciamolo lí. Mi dispiace di aver riso di lui visto ch'è tanto disgraziato. Ti assicuro che se lo potessi... gli restituirei la sua Emma ch'egli potrebbe riavere in piena legalità e che restò già con lui per due anni cosí che se durava ancora, un poco a lui si sarebbe abituata.

ALBERTA     E anche Sereni ho dovuto mettertelo accanto questa sera, ma è per l'ultima volta. Sopportalo ancora per una volta.

ALICEMa Sereni è anzi un compagno gradevole. Mi fa ridere e pensare. A lui le vitamine non mancano.

ALBERTA     È vero. Ma d'altronde somiglia troppo anche lui a Telvi. È legato, non vuole o non può avere il divorzio. Insomma anche lui vuole le donne gratis.

ALICE Mi pare sia il vero prezzo che si possa e si debba pagare per le donne.

ALBERTA (vivacemente). E allora che cosa ci resterebbe? L'amore?

ALICE È qualche cosa. Se lo diamo, lo riceviamo in cambio.

ALBERTA Come sei sempre giovine tu. La vita passa, la soffri e la vedi perché sei intelligente e resti del tuo parere, di quello che avevi alla nascita. Quando io parlo di te con mio marito io dico: Alice è ostinata. Tu chiudi gli occhi e fai come se nulla fosse avvenuto.

ALICE Non vedo che cosa abbia potuto istruirmi. La cosa grave nella mia vita è stata la morte di mio marito: Una stupida polmonite priva di alcun senso. Viene a casa, si mette a letto con un brivido e muore. Non ci compresi nulla.

ALBERTA Ma prima, ma dopo ci fu dell'altro. Io non so altro che quello che tu me ne dicesti.

ALICE Oh! Non dimentico! Quella polmonite fece piangere me, eppoi la signora Romeri al secondo piano, e la figlia del portinaio in soffitta. Tutta la casa era irrorata di lagrime. (Improvvisamente commossa fino alle lagrime.) La morte era entrata in casa e mi rivelava che cosa fosse stata la vita. Ma il male maggiore fu la polmonite. Sí! Il suo massimo delitto fu di avermi lasciata cosí... improvvisamente... sola. Priva di denari forse perché egli ne spese troppi negli atti per casa.

ALBERTA Quanto mi dispiace di averti ricordate queste cose. (Abbracciandola.) Via! Rasciughiamo presto gli occhiucci. Gli occhi stupiti... gli occhi che hanno per natura l'espressione della sorpresa come la faccia della Gioconda quella dell'ironia. Una cosa non voluta, una costruzione casuale ma una stupefazione intera, meravigliosa, stupefacente.

ALICE (sorridendo). Le parole di Sereni.

ALBERTA Te le spiattellò dunque anche a te? Che faccia tosta!

ALICE Sí, parecchie volte. Ma già... non me ne importa.

ALBERTA (teneramente). Eh! Lo so! Quello lí fa la corte ogni sei mesi ad un'altra. Dice che senza donne non si può dipingere. Non si capisce perché! Fa tali mostri con le gambe fuori di posto, le anche gonfie le braccia contorte, che sembrerebbe gli occorressero per modelli degl'ippopotami. Gli occorre invece l'amore, poverino E non mica un amore, ma piú amori. Quando faceva la corte a me dipinse una donna senza testa. Fu allora che tagliai corto e mi dichiarai offesa che guardasse me per dipingere cosí.

ALICE (attenta). Fece la corte anche a te?

ALBERTA Sí! Non te lo dissi prima perché mi secca di ricordarlo. Che uomo di cattivo gusto! Per farmi meglio la corte si mise a dir male di mio marito, il suo grande amico. Mi stomacò. Io amo di ridere di mio marito cosí distratto, incapace di occuparsi nemmeno per un solo momento dei miei affari tanto è occupato dei suoi, ma per qualche cosa sono sua moglie. Certo anche con te Sereni commetterà degli errori se non ne ha già commessi.

ALICE No che io ne sappia. Lo vedo di rado, quando sono qui da te.

ALBERTA Abita vicinissimo a te in via Battisti, faccia a faccia, alcune case piú in su.

ALICELo so, ma non lo vedo mai.

ALBERTA    (dopo una lieve esitazione). Ho parlato con Carlo e con grande difficoltà sono riuscita di fargli aumentare il tuo mensile di cinquecento lire. Non hai un'idea con quanta politica dovetti procedere. Egli dice che i tempi sono cattivi, che ha dei pensieri e cosí via.

ALICE(abbracciandola). Grazie, cara Alberta. Tenterò di aiutarmi, di restringermi.

ALBERTA    (commossa). Perdonami. Per ora non posso fare di piú. Poi si vedrà. Non è detta l'ultima parola. Continuerò a lavorare Carlo. Eccoti intanto il denaro in questa busta.

ALICEGrazie! Grazie! Hai già fatto tanto per me che non oso domandare di piú. Se non ci fossi stata tu, a quest'ora il patrimonio dei bimbi sarebbe liquefatto, distrutto. Solo per merito tuo, quando saranno grandi, potrò consegnare loro quel poco che il povero Silvio poté lasciare alla sua famiglia.

ALBERTA    (esitante). Io vorrei pure che tu facessi in modo di non toccare neppure gl'interessi di quel capitale. Il piccolo sacrificio rappresenterebbe un grande beneficio per i bambini in avvenire. Carlo mi spiegò come si accumulano gl'interessi.

ALICEPer ora m'è impossibile. Vedrò... in seguito...

ALBERTA    (di malumore). In questo già io non c'entro.

ALICEMa sí! Tu hai il diritto di occuparti di tutto quanto mi riguarda. Non sei tu che mantieni me ed i miei figliuoli? Ma devi intendere anche tu. Ieri ti feci vedere i conti. M'è impossibile per ora. Anche quel poco denaro m'occorre.

ALBERTA    Io al posto tuo farei ogni sforzo per non toccare quel denaro. Vorrei anche poter dire a Carlo: Guarda come il nostro aiuto è importante per quella famigliuola. Arricchisce continuamente.

ALICE(fa mentalmente dei conti e poi). Impossibile! M'è veramente impossibile.

ALBERTA    E allora lasciamo stare per il momento.

ALICEVedrò! Ci penserò! Sai che sono forte. Tenterò, farò ogni sforzo.

ALBERTA    E sia! Non pensarci piú se non puoi. (Ride.)

ALICERidi?

ALBERTA    Rido perché dici che sei forte. Non lo eri mai, biondina mia, biondina cara.

ALICEÈ piú facile d'essere forti in certe posizioni che in altre.

ALBERTA    Tu sei buona e coraggiosa ma non saresti forte in nessuna posizione. (Ridendo.) Guarda, io so ricordare il momento in cui pensai d'essere più forte di te e lo pensai poi sempre, da allora. È addirittura antico tale momento perché io allora avevo all'incirca 8 anni e tu 9 e qualche mese. Un giorno un bimbo della nostra stessa età mi corse dietro per picchiarmi. Io dapprima mi spaventai - in quell'età i maschietti fanno una grande impressione - e scappai. M'avrebbe quasi raggiunta quando tu, decisa, piangendo e gridando, intervenisti. Il maschietto ch'era veramente furibondo - pare fosse la prima volta che avesse avuto da fare con donne e non avesse ancora appresa la difficile cavalleria - con un solo colpo ti gettò a terra e, certo, le avresti pigliate perché notai con grande stupore che tu non facevi altro che ripararti dai colpi. Allora intervenni io e terminò che tu dovesti strapparmi di mano il fanciullo perché altrimenti l'avrei conciato per le feste. E ricordo anche che, picchiando, io non ero offuscata dall'ira. Ogni mio colpo era ben mirato e forte, solo per insegnare a te l'uso che si deve saper fare delle mani.

ALICECurioso come del lontano passato ognuno ricordi solo quello che gli si confaccia. Io non ricordo nulla di quella scaramuccia nella quale riempii una parte ben generosa...

ALBERTA     Generosa e da debole.

ALICEIo ricordo invece una cosa tanto piú recente e tanto dolorosa per te che sicuramente non l'hai dimenticata in cui spettò a me la parte del forte. Ricordi? Tu avevi già 13 anni ed io, perciò, 14 e qualche mese. Avevi perduta la mamma tua ed io venni a stare con te perché tuo padre non sapeva come fare per consolarti. Io credo di aver abitato con te, allora, per un due mesi. Ma non li dimenticai mai piú. Per tanti giorni tu passasti tutte le ore con la testa ricciuta posata nel mio grembo e dicevi di tener chiusi gli occhi per dimenticare che quello non era il grembo di tua madre. Eri tanto debole e malata dal dolore che io pensavo: Eccomi madre! E voglio esserlo, voglio amarla e proteggerla la bimba mia di tanto poco di me piú giovane. Poi il destino volle ch'io di te avessi bisogno.

ALBERTA     Ma ciò io ricordo! Se lo ricordo o Alice mia. Solo ricordo anche tutto quello ch'io pensavo in quella posizione. Pensavo: Buona e dolce e debole come mia madre. E se un cattivo bimbo l'aggredisse, io interverrei a proteggerla.

ALICE(esitante). Ma i bimbi cattivi mi lasciano in pace oramai.

ALBERTA     Sereni sta facendo il tuo ritratto?

ALICE(accesa) Che c'è di male? A casa mia.

ALBERTA     Di male non ci sarà altro che il ritratto stesso.

ALICEMi pare venga bene. Me lo regala. Mi fa in quel costume di contadina friulana che portavamo io e te da fanciulle a Tricesimo.

ALBERTA     Bellissima l'idea. Raccomandagli di non mettere la bocca al posto dell'orecchio. Non occorre neppur essere un pittore per vedere dove stanno di casa le orecchie. Piú difficile è di fare una donna nuda, di riprodurre il colore della carne. Ma Sereni se la cava facendola tutta verde o tutta azzurra. Quando dipinge guarda attraverso a qualche vetro colorato? E allora non capisco come faccia. Buono che non ci pensi a sposarsi perché dovrebbe dar da mangiare dei colori alla sua famiglia. Però ci sarebbe il vantaggio che una volta mangiati non si vedrebbero piú. Finché è solo gli basta quella rendita della casa in via Battisti ove abita e ch'è sua.

ALICE(lievemente seccata). Ma io non ci penso né a nutrirmi dei suoi colori né a dividere con lui quella sua magra rendita.

ALBERTA     Lo so, lo so! E può essere anche che cosí, vestita di friulana, ti ritragga bene. È un vestito ben chiuso quello dei contadini e, facendo delle stoffe, il pittore ha piena libertà nei colori. E, a proposito di vestiti. Il tuo, il mio cioè finora, giace pronto in camera da letto. Io vorrei tu l'indossassi per cena. Vedrai com'è stato adattato bene dalla nostra sartina. Vieni. (S'avviano.)

**SCENA QUINTA**

CAMERIERA e DETTE, poi ROBERTO TELVI

CAMERIERA Il signor Telvi.

ALBERTA     Già qui? È alquanto presto. Allora, senti Alice. Aiutati da sola. Trovi tutto pronto. Te ne prego, fatti bella. Vedrai come il vestito ti starà bene. Io intanto subirò questa bella compagnia.

ALICE Te ne lagni di aver da subirla per dieci minuti e se si fosse potuto me l'avresti inflitta per tutta la vita?

ALBERTA     Ma io e lui saremo del tutto soli per dieci interi minuti. È una compagnia molto intensa. Nella vita si dorme, si mangia, si va a passeggio. Non è mica tutta compagnia intera la vita. (Alice esce a sinistra ed entra Roberto Telvi.)

TELVI Come sta? (Le porge la mano.)

ALBERTA     Bene, grazie. E Lei, Telvi? Carlo è occupato con certe stampe. Sarà qui subito. S'accomodi, intanto.

TELVI Quelle sue stampe! Capirci se fossero quadri. Ma bianco e nero, un disegno che non dice niente. Io, già, non me ne intendo. Eppoi sepolte in quei cartoni donde si devono scegliere se si vogliono vedere! Già, ognuno ha i suoi gusti ed io ho torto di giudicarlo. Chissà quante cose discutibili ho io nella mia testa.

ALBERTA     Certo! Sospetto talvolta che anche nella mia testa ci sieno delle cose discutibili.

TELVI Ma alle donne nessuno lo dice e con ragione perché delle donne si ha bisogno. Adesso specialmente che la testa delle donne è tosata le hanno dato un po' d'ordine esteriore. Al di dentro deve esserci anche una confusione maggiore. Non parlo naturalmente di Lei, Alberta. Le presenti sono escluse.

ALBERTA     Mi esclude finché sono presente. Poi, appena ci separiamo, eccomi inclusa.

TELVI Già, se le dicessi il contrario Ella non mi crederebbe. Perciò non protesto. Io poi sono di quelli che delle donne non hanno bisogno. Non è una buona ragione per essere scortesi ma una buonissima per essere sinceri. Trovo che hanno ragione di mostrare le gambe e celare la testa col cappello fino alle orecchie.

ALBERTA     Badi, badi, Telvi, che prima di Lei ci sono stati tanti che credevano di non aver bisogno delle donne. Mi pare di ricordare qualche cosa non so se nella storia o nella mitologia. M'aiuti, Telvi.

TELVI Non occorre andare tanto lontano. Si va in strada e fra quei tanti che camminano accompagnati perennemente da donne si trovano alcuni che credettero in altra epoca di poter camminare da soli. (Pensieroso.) Lo so! Può toccare anche a me. Ma perciò dovrei pensare e agire come se già da donne fossi accompagnato? Lei, Alberta, sa la mia storia. Io non sono mica offeso se liberamente se ne parla. Non domando di questi riguardi.

ALBERTA     (soffocando uno sbadiglio). Ha avuto notizie?

12

TELVI (offeso). Io, notizie? Non ne ricerco, né altri si cura d'inviarmene. Come potrei avere notizie, io?

ALBERTA     Capisco, capisco. Dissi cosí perché altre volte mi parlaste di notizie avute.

TELVI Sí, una volta. Mi capita in casa un individuo ch'era stato nella casa loro. Veniva proprio direttamente da quella casa. E allora, se non volevo fuggire, dovetti sorbirmi quelle notizie. Il mondo è veramente troppo piccolo. Io non avevo alcuna ragione di fuggire. Da quelle notizie poco si poteva intendere. Mena una vita piuttosto povera. Io credo che a quest'ora essa sia un po' pentita. Se non lo è, tanto meglio. Che ci guadagno io a saperla infelice?

ALBERTA     E non c'è la possibilità di un vero, proprio divorzio?

TELVI No! Abbiamo le carte in regola, oramai. Avrei potuto seccarla, perseguitarla. Non ne feci nulla. A che pro? Bisogna sapersi adattare a tutto a questo mondo. (Amaramente.) Anche a questo. (Poi.) Io già non vi penso piú. Ho tanto da fare che non avrei neppure il tempo di pensarvi. Il divorzio non è possibile. L'avvocato studiò a fondo la cosa. (Inquieto.) Credevo di trovare qui la signora Peretti.

ALBERTA     È di là, viene subito.

TELVI Non mica per altro. Mi sento bene accanto a quella signora. Quello che a me ha portato via la vita, a lei è stato trafugato dalla morte. Come risultato è quasi la stessa cosa. (Stringendosi nelle spalle.) Chissà se è meglio una cosa o l'altra. Però essa ha il rimpianto che io non debbo avere. Forse è anche piú disgraziata di me.

ALBERTA     (con emozione). Il rimpianto lo ha, poverina! (Poi.) Ma a torto. Egli la tradiva sconciamente.

TELVI (rasserenandosi). Ed ella lo sa? Lo domando perché ciò dovrebbe diminuirle il dolore. Non per altro.

ALBERTA     Pare che in questa vita nulla serva a diminuire dei dolori e da Alice ciò è un dolore di piú.

TELVI (accorato). Me ne dolgo.

ALBERTA     (minacciando scherzosamente). Telvi! Telvi! Mi pare rimpiangiate che Alice non sappia odiare la memoria del suo defunto marito.

TELVI Come potete pensare una cosa simile? A che scopo? Forse per me? (Stringendosi nelle spalle.) Come se un uomo della mia età e nelle mie condizioni potesse pensare alla signora Alice.

ALBERTA     Perché no? Io a me d'intorno vedo che la durezza dei nostri legislatori non serve a nulla.

TELVI (abbattuto). Serve! Serve! Nelle mie condizioni serve perfettamente. Io non mi lagno. Non gioverebbe. Eppoi non sono uomo che saprebbe ispirare ad una donna un tale amore ca ispirarle il sacrificio di convenzioni ridicole. Ho esperienza di me stesso, io, perché vissi abbastanza a lungo. Le donne non mi amano. Una volta credevo che quando avessero la possibilità di vivermi accanto, di conoscere l'estensione di un mio affetto e il rispetto di cui so circondare chi ama... Sono però un po' rude. Non so discorrere. La vita degli affari non rende piú dolci. Non è mica l'arte, la pittura.

ALBERTA     Fate allusione a Donato Sereni?

TELVI Non a lui precisamente, ma anche a lui. L'ho osservato tante volte. È dolce, è interessante. Quando prende un oggetto in mano pare lo accarezzi con le mani e con lo sguardo. Ciò deve piacere alle donne.

ALBERTA     Che idea strana.

TELVI Ho pensato cosí l'altro giorno quando gli faceste vedere quell'avorio chinese. Io invece ho l'aspetto di spezzare gli oggetti. Lo credereste? Iersera presi un certo mio vasetto di Ginori in mano e lo girai nelle mani imitando i movimenti del Sereni. Lo credereste? Dovetti smettere perché sentivo che il vasetto si sarebbe sottratto alle mie carezze cadendo a terra e spezzandosi. È bene di conoscere se stesso e le proprie deficienze. Se ne soffre poi meno.


## SCENA SESTA

### CAMERIERA, DETTI, poi DONATO SERENI

CAMERIERA Il signor Sereni.

ALBERTA     Venga pure. Lupo...

TELVI Dolce lupo, però, con gli oggetti. Io non amo di voler meno bene ad un uomo perché può piú di me. In certe cose, d'altronde, sono piú forte di lui.

ALBERTA     Ma certe cose importano meno.

TELVI Perché? Anche i denari hanno la loro importanza.

SERENI     Buona sera signora. (Bacia la mano ad Alberta e la stringe a Telvi cui ora parla.) Sarete piú lieto questa sera? L'altra sera non somigliavate affatto al ritratto che vi feci, quello ch'io ancora considero la miglior espressione di salute e di forza.

TELVI Era un'altra epoca quella. Non dico che la salute e la forza non possano ritornare. Le aspetto serenamente.

SERENI     Quello di saper aspettare è già una forza. Io so tante cose a questo mondo ma non so aspettare.

ALBERTA     E come fate? Se quello che aspettate non viene correte via e perdete la possibilità d'essere raggiunto?

SERENI     Io aspetto soffrendo e urlando. Non ho la scelta. Se sono io anzi sempre in aspettativa. Ecco giusto ora: Carlo m'aveva detto di venir qui piú presto. Mi vestii eppoi mi parve che fosse ritornata...

TELVI Chi?

SERENI     L'ispirazione. Non volli perderla e disegnai una testa. La disegnai finché riuscii a darle un'espressione. Ma l'espressione fu immediatamente di derisione e la stracciai. Vedete la mia sorpresa di fronte ad una faccia ch'io creai e che appena venuta alla luce del giorno per opera mia, subito deride me, il suo creatore? Con ira la stracciai.

ALBERTA     Peccato se sapeva deridere sul serio.

SERENI     Non poteva essere bella. Io la disegnai a memoria, la testa di un mendico cui qualche minuto prima avevo regalata qualche lira e che mi guatò riconoscente e lieto con un'espressione sorprendente in questa dura vita.

TELVI Chissà che sulla sua faccia non ci sia stata la derisione velata? Tanti beneficati hanno quell'espressione.

SERENI     No! No! La derisione c'era nelle mie dita. La disegnai con noia incicibile. Non poteva essere altrimenti. Io sono un uomo finito. L'ispirazione non passerà mai piú da me.

ALBERTA     Io sto benissimo senza di essa.

TELVI Anch'io. Ma comprendo il vostro dolore. Quando manca qualche cosa cui si è abituati è una ferita, un dolore.

ALBERTA     Del resto anch'io posso figurarmi tanto. Ricordo come eravate quando dipingeste quel quadro che andò alla biennale. Non ne parlavate ma eravate tutt'altro uomo. Molto piú vivo di ora e piú distratto e piú raccolto. Sí, certo. L'ispirazione era stampata nella vostra faccia

SERENI     E quando il quadro partí, io subito lavorai ancora. Lavorai tanto che quando vidi riprodotto il mio quadro in un giornale umoristico che aveva stroppiato e ingobbito la mia ninfa, io quasi ero d'accordo col caricaturista. Adesso sono beato di abbandonare il mio studio. Quando mi getterete fuori di questa casa io andrò a girare per la città per non coricarmi fino all'alba onde essere tanto stanco domani nelle ore della luce da poter sfuggirla dormendo.

ALBERTA     Io, da buona borghese, vi consiglierei di andare a letto. Ammettiamo che domani arrivi l'ispirazione, che cosa ne fareste voi se aveste sonno? Qualche bel sogno che non lascerebbe alcuna traccia di sé.

SERENI     Non giunge l'ispirazione domani. Io lo so! Non giunge domani né piú tardi. Forse mai piú.

ALBERTA     E allora avete tempo e potete perderne. Andate dunque da Carlo che vi aspetta e guardate le sue stampe. Egli crede di aver fatto un acquisto importante. Gli importa enormemente di apparire furbo. Quelle stampe gli fanno piacere perché le ha pagate poco. Se le avesse pagate molto - e magari fossero state piú belle di cosí - non gl'importerebbero tanto.

SERENI     S'accontenta facilmente lui che ha tutto.

ALBERTA     Ha tanto il povero Carlo? In verità non mi pare tanto. Una donna, i suoi affari e quelle povere stampe. Voi volete una donna... al mese.

SERENI     Io non ho mai avuto una donna, una vera donna, una di quelle che possano bastare per tutta la vita.

ALBERTA     Ve la procuro io, se volete. Ma una vera donna la si prende davanti al sindaco.

SERENI     E se poi risultasse che non è quella, che non è cioè la vera?

ALBERTA     Le donne si comperano come le stampe. Carlo le ha comperate e adesso appena vi domanda il vostro parere. Se non avranno il valore ch'egli attribuí loro, tanto peggio.

SERENI     (esitante). È cosí che si fa? Si prende la donna e si sta a vedere se rappresenti proprio quello che in essa si vide?

ALBERTA     Proprio cosí! Proprio cosí!

TELVI Purtroppo è cosí. (Con un sospiro.)

SERENI     Ma non si può continuare a provare altrimenti specialmente dopo le tante disillusioni ch'io ebbi?

ALBERTA     Se ci fosse la prova non ci sarebbero dei matrimoni. Guardate: C'è la possibilità che lui non piaccia a lei oppure che lei non piaccia a lui. Ma poi ci sono altre possibilità negative: Che lui a lei e lei a lui non piaccia che per un periodo ristretto, mettiamo per una settimana o per un giorno. O infine che lui a lei o lei a lui piaccia solo di notte o solo di giorno, o quando parla o - peggio - quando tace. Non ci sarebbero altri matrimoni.

SERENI     E che male ci sarebbe? Se ne farebbe a meno.

ALBERTA     Andate, andate da Carlo che vi aspetta. Per questa sera ditegli che quelle stampe sono del Piranesi. Cosí sarà di buon umore a cena.

SERENI     Avrebbe ragione di esserlo lui che ha tutto.

ALBERTA     Gli manca l'ispirazione ma non se ne accorge.

SERENI     Non gli manca, forse. È un'ispirazione anche quella che guida alla felicità.

ALBERTA     Grazie! Siete molto gentile. (Sereni esce.)


## SCENA SETTIMA

### ALBERTA e TELVI

ALBERTA     L'ispirazione? Anche lui ha bisogno di donne.

TELVI Ma io non ne ho bisogno. Da me è proprio il contrario. Magari non ne avessi mai avuta alcuna.

ALBERTA     Non pensavo a voi, mio buon amico. Pensavo a cinquecentomila altri uomini, ma non a voi.

TELVI Eppoi chissà se a lui occorre proprio una donna? Parlava sempre dell'ispirazione. Chi dice si tratti di una donna?

ALBERTA    Sí. Può essere si tratti non di una donna sola, ma di piú donne. È tanto evidente che mi pare ridicolo un uomo che vada proclamando il suo bisogno di donne. Discrezione, diamine È il vero modo per farsi evitare dalle donne cotesto di battere il tamburo per richiamarle. È questo grido fuori di posto che poi lo induce a fare tutto fuori di posto, gambe, coscie e colori...

TELVI Non piace neppure a me ma forse è perché non me ne intendo. Fu Emma che volle il mio ritratto fatto da lui. Lo tengo come un ricordo che non mi piace. Un altro ricordo della mia bestialità. È molto istruttivo. Brutto come sono, serio e triste come sono guardo quella faccia brutta e triste che guarda proprio me. Mi pare di guardarmi in uno specchio. Uno specchio bruttato da colori che non c'entrano, dei garofani al cioccolato.

ALBERTA    E questo egli chiama pittura come poi sarà capace di dire amore quel suo bisogno d'ispirazione.

TELVI Ma sono questi gli uomini amati dalle donne. Io non ci ho niente in contrario. Che li amino. Ma hanno torto. Posso dirlo io... che piú non c'entro.


### SCENA OTTAVA

ALICE e DETTI

ALICE Ecco fatto. Buona sera signor Telvi.

TELVI (animato, le bacia la mano). Buona sera, signora. Come sta?

ALBERTA    (esaminando Alice che ha sempre in mano la busta col denaro). Bene, bene, ma troppo scollata. Troppo! Che cosa ha fatto di questo vestito quella sciocca? Certo da me non era cosí. Io non ero tanto nuda.

ALICE (ridendo). Io credo di sí. È tutt'un'altra impressione quella che si ha della propria nudità o di quella degli altri. Un po' di freddo come lo sento io ora non è mica tanto importante come la visione di tanta carne o - come penserà il signor Telvi - di tanta sfacciataggine.

TELVI (confuso). Io, signora. Io penso tutt'altra cosa. Ognuno ha il diritto di vestire come crede. Lei, poi, signora, è impossibile sia mai vestita male.

ALBERTA    (decisa). Non puoi restare cosí. Senti! Io ho un velo di là che lenirà la tua sensazione di freddo. Vieni! O resta qui. Son subito di ritorno. (Via a destra.)

### SCENA NONA

ALICE e TELVI

ALICE(dinanzi allo specchio e lontano da esso per vedersi tutta) Com'è viva, Alberta. Vuole quello che vuole. Mi piace. Magari sapessi io quello che voglio. Senta, signor Telvi. Dicono che Lei abbia studiato profondamente molte lingue. C'è qualche lingua in cui si può dire il contrario di Io voglio. Per esempio io sono voluta, altri mi vogliono.

TELVI Sí! In molte lingue si può dire che molti La vorrebbero.

ALICE(lo guarda per un istante stupita eppoi ritorna allo specchio). Il vero, grande difetto, il solo difetto è nella gonna. Cosí liscia. Avevano torto l'anno scorso. Che bestie. Se in allora il sarto avesse avuto la buona idea che ebbero quest'anno, io sarei piú felice. La moda è una cosa crudele. Se non ci fosse, ci sarebbe meno differenza fra poveri e ricchi. Peccato! Sarebbe tanto bello di restar poveri ed essere tuttavia vestiti alla moda.

TELVI La moda a me piace. Quando avevo una moglie... Oh, non faccia come se non lo sapesse. Parlo di quella mia moglie ch'è scappata una sera perché non ne poteva piú. Io non penso di dover fare dei segreti con Lei, Signora, per cui ho tanta ammirazione. Eppoi io non so conversare che con chi sa quello che m'è toccato. Con gli altri mi sento imbarazzato e seccato. Quando, dunque, c'era mia moglie con me, e arrivavano alla casa tanti oggetti e vestiti che la moda impone, questa casa ingombrata mi pareva sempre piú casa, sempre piú mia... nostra voglio dire, e salutavo questi oggetti inutili, ingombranti, di cui proprio non mi curo perché non so vederne né la bellezza né l'utilità, come tanti amici e tanti alleati.

ALICE(accorata). Erano della donna sua.

TELVI Di quella ch'è ora di un altro. La quale ora addobba un'altra casa. Non credo che i suoi rapporti con la moda sieno piú tanto intimi. Sarà anche lei condannata alla moda dell'anno scorso.

ALICEPoverina! (Poi.) Oh, scusi tanto.

TELVI Dica pure. Da me non c'è odio. A che servirebbe l'odio?

ALICEMi Scusi. Mi lasciai sfuggire quella parola di compianto proprio perché pensavo un poco a me. Per farmi perdonare vede come mi rivelo a lei. Mi denudo addirittura. Mi perdona?

TELVI Se Le perdono? Stia a vedere. Mi denudo anch'io con Lei. Vuol vedere? (Alice è spaventata.) Senta! A me di mia moglie non importa affatto. Io non so quello che Le abbiano detto di me, ma io mi credo autorizzato ad asserire che io non sono uno sciocco. So cinque lingue. Molti le sanno ma non molti come me hanno fatto dei buoni affari in cinque lingue. Può credere perciò che io da molto tempo sospettavo quello che si moveva nell'animo di Emma. Non ch'io credessi dovesse finire cosí. Ero tanto buono io che pensavo che un po' di bontà per me ci dovesse essere anche nel suo cuore. Non mi amava però; di questo io ero sicuro da oltre un anno. Ma che importava? Il tempo trascorreva dolcemente nella casa piena di cose nostre. Le ore di casa erano brevi, perché i miei affari mi rubavano la maggior parte del mio tempo, ma tanto dolci. Io le raccontavo la mia giornata intera eppoi la guardavo come disponeva e regolava le cose pieno di gratitudine perché essa lavorava per me. Adesso non è la donna che mi manca ma via lei tutto è crollato. La mia casa è tuttora piena di roba ma è un magazzino. Io non ci vado che quando a tastoni, traverso a tutta quella roba vado a cercare il mio letto.

18

ALICE Mi dispiace tanto di sentire ch'è infelice. Peccato non abbia un figlio. Sarebbe tutt'altra cosa.

TELVI Un figlio privo di madre. Non so figurarmelo.

ALICE È vero. Ma avendo dei denari si può provvedere al benessere del figlio. Io ne ho due dei figli. Sono la mia consolazione e il mio dolore perché i poverini sono privi di padre.

TELVI È per questo che mi trovo tanto bene con Lei. La differenza fra noi due è che Lei rimpiange suo marito mentre io ho il dovere di non rimpiangere mia moglie.

ALICE È vero! Mio marito - poverino - non ha colpa se ha dovuto lasciarmi.

TELVI (che s'aspettava ad una confidenza resta disilluso). Poverina! È quello che dico anch'io.


## SCENA DECIMA

### CARLO e DETTI

CARLO      La signora Alice e Telvi. (Saluta stringendo le mani ad ambedue.) Non sapevo ch'eravate qui. Dov'è Alberta?

ALICE (che si copre il decolleté con le braccia). Non so perché tardi tanto. È andata a cercare un velo per diminuire il mio decolleté che trova eccessivo.

CARLO      (piano ad Alice, ridendo). Eppure, se non sbaglio, essa portava questo vestito senz'alcun'attenuante.

ALICE Può parlare ad alta voce. Il signor Telvi sa e del vestito e della necessità del velo. Sentí anche ch'io scoprii che la propria nudità appare sempre piú casta dell'altrui.

CARLO      Io, da uomo, non conosco che il decolleté altrui. (Guardando Alice che ha lasciato cadere le braccia.) C'è una differenza certo fra il decolleté della propria moglie e quello delle altre. Il primo desta meno curiosità.

ALICE Non dica cattiverie, Carlo.

CARLO      Mi scusi, signora Alice. Volete venir a vedere le mie nuove stampe? Sereni le sta studiando.

ALICE Io debbo aspettare qui Alberta. Se mi faccio vedere cosí da tutti, allora il velo non ha piú alcuno scopo almeno per questa sera. S'accomodi, signor Telvi. Se Alberta tarda ancora la raggiungerò nella sua stanza.

(Telvi s'inchina ed esce. Carlo vuole seguirlo.)

ALICE Carlo! (Esitante.) Vorrei pur ringraziarla. (Ha la busta in mano e vi accenna.) Ella è stato tanto buono. Sono veramente addolorata di seccarvi tanto. Non potevo fare altrimenti. Il tutore è tanto rigido.

CARLO        Ma che dice, Alice? Sa che m'è tale soddisfazione di compiacere Alberta. Ho dovuto causa i miei affari i tempi difficili e cosí via rifiutarle parte di quello che a lei occorreva. Ma dove occorrevano mille, ottocento sicuramente basteranno.

ALICE(esitante ma felice). Bastano. Sicuramente bastano.

CARLO        Mi fa tanto piacere di vederla lieta. Per Alberta e per lei stessa. E non parliamone piú. (Le stringe la mano.) Vado a godermi i miei Piranesi. Pare sieno proprio del Piranesi. (Via.)

ALICE(dubbiosa trae il denaro dalla busta, lo conta). Uno, due, tre, quattro, cinque. (Lo conta una seconda volta: poi lo rimette nella busta.)


## SCENA UNDICESIMA

### ALBERTA e ALICE

ALBERTA        Scusa se ho tardato tanto. C'è stato bisogno di qualche punto. È un pizzo autentico. Te lo presto per questa sera. Questa roba vecchia è tanto delicata. Guarda! Ti starà benissimo.

ALICE(ridendo). Vuoi dire meglio di prima? Secondo i gusti. Bisognerebbe domandarlo ai tuoi ospiti, Telvi e Sereni.

ALBERTA        Quei maiali che vogliono vedere nude le donne senza sposarle.

ALICEIl pittore deve averne visti di nudi e credo non possa importargli di vederne altri.

ALBERTA        Guardando i suoi quadri si crederebbe veramente che di vera carne egli non n'abbia vista mai.

ALICENon tutti sono di questo parere. Pare che un nudo possa avere tutti i colori.

ALBERTA        Visto attraverso dei vetri colorati.

ALICEEgli dice ch'è come il mare e che dipende dalla posizione del sole cioè dal desiderio del pittore.

ALBERTA        Come sa fingersi pittore per poter dire il suo desiderio.

ALICE(ridendo). Non devi credere che abbia bisogno di infingersi tanto per proclamare i suoi desiderii.

ALBERTA        Lo so, lo so per mia esperienza.

ALICEQuando facesti tale esperienza?

ALBERTA        Sei mesi fa, mi pare. O fa un anno? O un anno e mezzo? Non lo so piú. Non annotai l'esperienza nel mio libro scadenze.

ALICE È come cessò?

ALBERTA    M'arrabbiai quando vidi un suo quadro. Ossia m'arrabbiai quando, dopo aver visto un suo quadro, egli osò dire ch'ero la sua musa. Sai come sono rude talvolta.


## SCENA DODICESIMA

### Il dottor PAOLI e DETTI

PAOLI (saluta le due signore). Non si dirà ch'io arrivi sempre in ritardo. Per una volta eccomi qui quando non ci pensate ancora di andare a tavola.

ALBERTA    Andiamo subito subito, dottore. Non c'è da attendere che un quarto d'ora al massimo.

PAOLI Non ho fretta. Nessuno sa che sono qui e cosí son certo di godermi una festa di qualche ora. (Ad Alice.) I bambini bene?

ALICE Grazie, benissimo dottore.

PAOLI (sollevato). Come sto bene fra persone che non hanno bisogno di me.

ALICE Io penso che le persone che non hanno bisogno di nessuno sono evidentemente le preferite.

ALBERTA    (quasi risentita). Perché? Io preferisco le persone che hanno bisogno di me.

ALICE Grazie, Alberta (ridendo).

ALBERTA    (con sincerità studiando se stessa). Credo mi facciano sentire me stessa meglio, la mia vita e la mia forza.

ALICE (con calore). Eppoi c'è la riconoscenza.

ALBERTA    (sempre confessandosi con una certa assenza). Si sa che sulla riconoscenza non si deve contare. Non parlo mica per te che non mi devi assolutamente niente.

PAOLI Ma siamo lontani da quello che dicevo io. Quando hanno bisogno di me, io faccio la visita, mi pagano e siamo saldati. Soltanto c'è una differenza. Se la malattia è lieve o non c'è - perché anche questo succede - la cosa è gradevole. Ma oggi fu un inferno. Una chiamata, una polmonite in un organismo logoro, una seconda angina cardiaca, una terza un caso unico, un disastro, qualche cosa di fosco e incerto, ma diffuso in modo che la morte s'annunciava evidente nella nebbia. Allora mi arrabbiai. Era troppo.

ALICE È la compassione che la fa soffrire, dottore.

PAOLI Le direi in un orecchio quello che mi fa soffrire se ci fosse qui anche una sola persona oltre alla signora Alberta. Ma con voi due posso essere sincero. Siete tanto sane che non avete bisogno di fidarvi di me. Toccatevi il naso, ve ne prego. Non danneggia nessuno. È la mia impotenza che mi fa soffrire. Dei miei tre casi seppi provvedere al primo che dichiarai spedito, il secondo è già morto, senz'alcun rispetto, in mia presenza. In quanto al terzo mi darà qualche consolazione. Domani faremo un consulto e la mia ignoranza sarà abbondantemente scusata da quella degli altri. Io già sono convinto che l'esercizio della medicina non fa per l'uomo. Un buon medico dovrebb'essere un superuomo ma no, qualche bestia del tutto differente dall'uomo munita di molti piú sensi e piú potenti.

ALICE Ma io credo che mettendo questa bestia tanto potente a qualunque posto quaggiú farebbe meglio del meschino uomo. Ciò non vale solo per i medici.

PAOLI (Guardandola con interessamento). Ben detto. È evidente che anche il commerciante, il facchino e il marinaio potrebbero essere migliori. È una parola di consolazione ch'Ella dice.

ALBERTA    Ma persino il tapino che stende la mano al canto della via s'avvantaggerebbe di avere un cuore piú grande e generoso. Niente ira, tutto riconoscenza.

PAOLI Ma non stenderebbe piú la mano.

ALICE E anche chi mette il soldo in quella mano...

PAOLI Diventiamo spaventosamente profondi. Siamo arrivati alla conclusione che per la vita in genere occorrerebbe qualche cosa che non sia l'uomo ma un essere superiore a lui. L'ammalato se non fosse uomo, non sarebbe ammalato. Avrei la divisione vuota. Che bellezza. Si sarebbe tutti superiori tanto che non ci sarebbero piú né medici né ammalati, né tapini né benefattori. Io verrei a cena qui dalla mattina alla sera.


## SCENA TREDICESIMA

### CARLO, TELVI, SERENI e DETTI

CARLO        Addio, dottore. (Gli stringe la mano.)

SERENI        (va ad Alice e le bacia la mano, poi anche lui stringe la mano al dottore). Quel Carlo! Com'è fortunato. Dieci Piranesi per un tozzo di pane.

CARLO        (ad Alice, sorridendo). Non soffre piú di freddo. Chissà che gli altri (accenna a Telvi ch'è accanto a Paoli) abbiano meno caldo.

ALICE Lei dice delle cose ardite, Carlo. È molto gentile.

PAOLI (a Sereni). Son veri Piranesi?

SERENI        (a bassa voce). Io non me ne intendo molto. Ma a lui fa tanto piacere. Poi me li mostra quando li ha già comperati e non c'è compromissione. (Ad alta voce.) Io quando guardo una stampa la copro di colore. Nessuno sa guardarla come me. (A bassa voce.) Mi sono confessato.

ALBERTA    Già, chi non è un pittore non sa guardare neppure una donna. Cito Sereni. È curioso che tanti che non furono pittori da Adamo in poi le guardarono.

SERENI        Ma il solo pittore sa guardarle con animo puro ammirando linee e colori.

ALBERTA       (scoppiando). È grossa. Il prete sarebbe meno puro del pittore?

SERENI        Il prete non le guarda o non le vede. Io parlo di quelli che le guardano.

PAOLI In certi casi si suppone che anche il medico sappia guardare una donna con animo puro.

SERENI        Quando è malata.

PAOLI Non è esatto. Salvo in certi casi il medico s'abitua un po' a vedere in tutti dei clienti.

SERENI        Quand'è vecchio specialmente.

PAOLI Sicuramente in certi casi la vecchiaia è una forza. Nessuno lo nega. Però anche i giovini medici diventano come i pittori vedendo però nella donna invece che linee e colori che sono sempre seducenti, malattie e sofferenze che sono abbominevoli. Un mio giovine amico era proprio in procinto di baciare per la prima volta una donna quando s'accorse che l'ombra che gettava la propria testa sugli occhi dell'amata, non arrivava a produrre alcuna reazione sulla pupilla di costei. Rinacque subito il medico in lui e fu salvo.

SERENI        Una pupilla che non reagisce! Per un pittore ciò costituisce un occhio interessante.

PAOLI Orrore! Un uomo dalla pupilla che non reagisce è altrettanto inferiore quanto un corpo che puzzi. È proprio una puzza e anche puzza di cadavere.

ALICE Guai aver da fare con un medico. Ora che so lo rifiuterei quale marito. Durante il fidanzamento o - peggio - dopo, ecco che arriccia il naso... la condanna.

SERENI        (passa al tavolo a cui siede Alice). Non ci creda, signora. Il medico è un uomo come ogni altro. Anche in lui c'è quella piccola parte del pittore che la medicina non seppe uccidere e può baciare il rossore della tisi credendo sia quello della piú pura salute.

TELVI Anche noi non medici sospettiamo talvolta la malattia. Presto si sa che non c'è piú rimedio! E allora si sopporta, si protegge e si ama di piú. Piú tardi ci si accorge di aver avuto torto. Torto? Cioè si credette di aver riparato tutto non vedendo e non dicendo. Ma capita questo: l'ammalato non sopporta il sano e... va via. (Pausa d'imbarazzo.) Già, vi secca ch'io abbia alluso ai fatti miei. Ma si può parlare liberamente; io ne parlo volentieri. Poi io non so esprimermi e m'aiutai con l'esempio che mi stava piú vicino. (Si stringe nelle spalle.)

PAOLI (si alza, va verso Telvi). Ha fatto bene ed è interessante sentire che nei rapporti fra sani e malati la risoluzione possa spettare al malato. (Pensando.) Può infatti avvenire che l'ammalato sia piú risoluto del sano. Lo è anzi di spesso. (Alberta vorrebbe parlare e non sa. Carlo stringe la mano a Telvi.)

SERENI        (a bassa voce). Qui non oserei di farle la corte. La signora Alberta non la sopporterebbe.

ALICE (con sdegno improvviso). Non vorrà poi immischiarsi in cose che non la concernono.

CARLO         A me sembra ch'è sempre il piú debole che dirige il mondo.

ALBERTA    Vuoi alludere alle donne? (Tutti ridono.)

CARLO    No, diamine! Alludo agli uomini.

ALBERTA    (si leva e parlando s'avvicina al tavolo ove discorrono insieme Alice e Sereni). Il mondo è infatti diretto dagli uomini. Non tutto. Una piccola, piccola parte è riservata alle donne.

CARLO    Piccolissima. L'uomo fa gli affari e la donna fa l'uomo d'affari, l'uomo governa come il cavallo tira la vettura ed è la donna ch'è il cocchiere, l'uomo fa l'arte e la scienza e la donna decreta il successo.

ALBERTA    Se tu pensi cosí io sono perduta.

CARLO    Perché? Non son perduto neppure io.

ALBERTA    (ridendo di cuore). Ipocrita. Sa volere quando vuole.

CARLO    Eh! già! Vuoi dire che se m'avvenisse di volere allora vorrei.

ALBERTA    Chissà dove saresti tu se io non ci fossi?

CARLO    Ma capretta mia - oh, scusa - io non asserisco mica che senza di te starei molto bene.

ALBERTA    Anzi io dico che staresti meglio ma troppo tranquillo. Faresti quel paio di dispacci al giorno, compreresti qualche paio di stampe e faresti venire Sereni per giudicarle. Il quale Sereni forse non verrebbe. Badi Sereni che io non dico che Lei venga perché ci sono io. Ma viene volentieri perché ci vengono Telvi, Paoli e Alice. Una possibilità d'ispirazione. Se io non ci fossi chi verrebbe qui?

TELVI Io, certamente. Specialmente se Lei fosse scappata. Ci si consolerebbe insieme. (Si guarda d'intorno aspettandosi che ridano. Tutti sono seccati.) Già! Capisco che voi trovate ch'io parlo troppo di Emma.

CARLO    Ma no, caro Telvi. Abbiamo solo paura che a te non faccia piacere.

TELVI Se non mi facesse piacere starei zitto. (Si stringe nelle spalle.)

ALBERTA    (a bassa voce verso Alice e Sereni). Poverino.

ALICE(con profondo sentimento). Come soffre.

SERENI    Gli passerà. La ferita è ancora troppo recente.

TELVI Ma si può parlare anche d'altro se vi fa piacere. V'aiuterei e starei attento di non interrompervi piú. (Si abbandona sconfortato sul dosso della sedia, silenzio.)

PAOLI Io dei rapporti fra marito e moglie non so molto. Precisamente quello che mi danno ad intendere i miei clienti. Uno o l'altro è ammalato quando io intervengo e allora sono buoni tanto ambedue. Perciò io sempre dico che il matrimonio è una buona cosa.

TELVI E anche se li vedete da sani v'appariranno amanti, dolci, miti. E anche quando parlano insieme da soli può essere una dolce cosa. Poi uno di loro scappa. L'altro resta solo e...

SERENI        (avvicinandosi a lui). Impreca.

TELVI Oh, no. Non impreca. Resta un po' abbacinato dalla tanta luce... e ne parla spesso per intendere meglio. (Poi.) Scusatemi. Di nuovo ci sono ricascato.

ALBERTA        (ad Alice che s'è levata per abbandonare la sua sedia). Avrei da parlarti Alice. Ho tanto da fare io che avevo dimenticato di dirti una cosa molto importante.

ALICE Di che si tratta?

ALBERTA        Della zia Teresina. Guarda, ho ricevuto or ora da lei questa lettera. (Le consegna una lettera.)

ALICE Non si potrebbe lasciare la cosa per domattina?


## SCENA QUATTORDICESIMA

### CAMERIERA e DETTI

CAMERIERA (s'avvicina ad Alberta e le dice). È pronto, signora.

ALBERTA        Ebbene, andiamo. Alice, leggi quella lettera eppoi vieni anche tu. Un istante.

SERENI        Non possiamo aspettare la signora?

ALICE Vengo subito. Permetta un momento.

(Tutti meno Alice escono. Alberta rientra subito.)

ALBERTA        (parlando in fretta). Forse si fa piú presto se ti dico di che si tratta. La zia Teresina viene a Trieste. Non si poteva lasciarla tanto sola a Tricesimo.

ALICE Fai bene. Fai benissimo. (Vuole restituirle la lettera.)

ALBERTA        Essa accetterebbe di venir a stare con te.

ALICE Ma è impossibile. Dovrei cercarmi un altro quartiere per accoglierla. Come vuoi che faccia?

ALBERTA        Il tuo quartiere è sufficientemente grande. I due ragazzini hanno quello stanzone sul davanti nel quale possono dormire, studiare e giuocare. Che bisogno hanno di avere una stanza da studio speciale?

ALICE La comodità per studiare è un incitamento allo studio mentre l'incomodità...

ALBERTA        Bisogna però vedere se tale comodità non costa troppo. Anche di questo bisogna tener conto. Son due bravi ragazzi i tuoi e studieranno tanto se avranno quanto se non l'avranno questa costosa comodità.

ALICE(vibrante dall'agitazione). Senti, Alberta. Io darei la vita per compiacerti, ma la zia Teresina io non la voglio in casa mia. È una vecchia maligna, brontolona ed ora tanto malata che mi ruberebbe la mia quiete.

ALBERTA    Ma noi abbiamo degli obblighi con la sorella della nostra madre.

ALICE(esitante per troppe parole che le vengono alla bocca). Noi! Eh! sí.

ALBERTA    (anch'essa esitante). Noi! (Poi.) Io però non sono libera in casa mia perché io ho mio marito che non ammetterebbe fra di noi un terzo che però non è tanto incomodo come tu vuoi far credere. Io però mi assumerò la spesa dell'infermiera e di tutto il resto di cui tu terrai un conto esatto.

ALICE(amara). Ci saranno delle spese di registri.

ALBERTA    E come vuoi che si faccia? Vuoi che mettiamo nostra zia all'ospedale?

ALICEIo non voglio niente. La mia vita già cosí è abbastanza dura e complessa...

ALBERTA    (decisa). Non per rinfacciartelo ma certo io faccio del mio meglio per alleggerirla. Devi riconoscerlo. (Poi, piú mitemente.) Lo so, povera Alice, che non hai abbastanza. Devi pensare alla mia difficile posizione. Però non è mica detta l'ultima parola. Io guarderò, se non oggi di qui a qualche mese di accontentarti... accontentarti... quasi interamente accontentarti.

ALICE(mormora, senza convinzione). Grazie.

ALBERTA    Neppure la mia posizione è poco complessa. (Poi.) Guarda la lettera della zia. Non si direbbe che sia come tu dici tanto maligna. Vedi che belle parole trovò per ringraziarti del tuo invito.

ALICE(stupita). Il mio invito? (Dà un'occhiata frettolosa alla lettera.) Tu le hai già scritto senz'interrogarmi che essa verrebbe a stare da me?

ALBERTA    Certamente! Non eri già d'accordo?


## SCENA QUINDICESIMA

DETTE. Dalla sinistra CARLO. Poi alla porta fanno capolino SERENI e TELVI che poi entrano.

ALICED'accordo io?

ALBERTA    Certamente. C'era presente Sereni. Potremo interrogarlo. Io dissi subito: Non posso assumere alcun obbligo verso la zia. E tu invece gridasti, veramente gridasti - mi pare di udirti (grida imitando un tono di voce piú alto): Io ho tanti obblighi con la zia che non posso rifiutarle un posto nella mia casa. (Poi.) Non dovevo ritenermi autorizzata di trasmetterle le tue parole.

ALICEMacché! Io non dissi mai una cosa simile. Avrò detto, sí, che la zia mi faceva compassione, ch'ero disposta a piangere per lei e con lei, ma prenderla in casa e rinunziare a qualunque ora di pace, mai.

CARLO        Non sarebbe meglio che andiamo ora a pranzo e che lasciamo questa questione per dopo?

ALBERTA      (non lo ascolta). Se io t'assicuro che hai detto cosí, vorrai credermelo?

ALICE(irridendo). Per crederti dovrei ammettere d'essere un'inconsapevole, una delirante. Inventi ora per giustificarti.

CARLO        (molto imbarazzato guardando verso la porta ove ci sono Telvi e Sereni). Ma signore. Non siete due cugine? V'intenderete facilmente quando sarete sole.

ALICEIo ora so come debbo comportarmi. Non posso piú sopportare neppure per un istante una posizione simile. Preferirei la fame, la nera fame per me e per i miei bambini. L'aiuto che m'accordi non ti dà mica il diritto di considerarti la mia padrona. In casa mia non ha da venire nessuno se non è invitato da me.

ALBERTA      Io non ho alcun desiderio d'essere la padrona in casa altrui. Magari non avessi il bisogno di occuparmi d'altre case.

ALICESei esonerata di occuparti della mia.

ALBERTA      (affettando ribrezzo). Non me ne occupo, non me ne occupo altro. Scriverò alla zia che visto che tu non la vuoi in casa, le pagherò una stanza al sanatorio.

ALICECattiva! Cattiva! Tu vuoi ora dire alla zia che io la respingo. Non voglio neppure questo. Ora che l'hai invitata, venga, deve venire. Io la voglio con me perché m'avveleni tutte le mie ore e a tutte le ore io ricordi che cosa tu mi facesti.

ALBERTA      (spaventata come dinanzi ad un'improvvisa rivelazione). Vedo il tuo odio, Alice, il tuo grande odio.

ALICEIl mio? Tu sei spaventata accorgendoti del tuo, dell'odio che da tanto tempo mi dedicasti. Da te non voglio piú nulla. M'hai fatto del bene ma ora basta. Ecco il tuo denaro. Ecco il tuo velo (Se lo strappa di dosso.) Domani ti manderò questo vestito. Anche quello che smisi or ora di là è tuo. Da te non voglio piú nulla. (S'avvia per uscire.)

CARLO        Signora, guardi se Lei non è ingiusta con Alberta che Le volle sempre bene.

ALICE(piangendo). Oh, Carlo. Lei è troppo buono per intendere... Mi lasci andare. (Via.)

DETTI senza ALICE

CARLO    Non bisognerebbe lasciarla andare sola in quello stato.

SERENI    È vero. Io l'accompagno. (Via in fretta.)

ALBERTA    Si calmerà. Si calmerà. Quando si ritroverà sola nella sua povera casa, intenderà subito il male che fece a me e a se stessa. Dov'è Sereni? Egli ricorderà...

CARLO    L'ho pregato di accompagnare Alice. Non si poteva lasciarla sola in quello stato.

ALBERTA    Capisco. (Poi.) Ma perché Sereni? Non sarebbe stato meglio l'avessi accompagnata tu?

CARLO    Vuoi che vada a sostituirlo? Forse arrivo in tempo. Io pensavo di restare con te. Non ti ho mai vista tanto agitata.

ALBERTA    (quasi al pianto). Adesso è tardi. Non vorrei avere ancora una volta l'aspetto d'immischiarmi nei fatti suoi. (Vedendo Telvi e Paoli.) Avete sentito? Vi ho invitati per farvi assistere ad una bella cosa. Scusatemi. Perché lasciaste partire Sereni? Lui è stato testimonio delle parole che Alice disse l'altro giorno. A me importerebbe solo d'essere certa di aver ragione.

PAOLI    La povera signora era tanto agitata che non sapeva piú quello che diceva. Io so come vanno queste cose. Uno dice una cosa, l'altro la ribatte, discutono, deviano e infine senza che nessuno ne sappia il perché arrivano ai pugni. Se ammettessero una piccola sosta con intervento del medico e calmanti, nulla avverrebbe.

ALBERTA    Essa disse delle parole ch'io mai piú dimenticherò. (Pensierosa.) In quale luce mi vede? Se avesse ragione io dispererei. Ma non ha ragione. Io sempre volli il suo bene. (Poi.) Sentite! Scusatemi. Non posso rimanere a pranzo con voi. Permettetemi di ritirarmi. Chiamatemi se Sereni ritorna. (S'avvia.)

CARLO    Te ne prego, Alberta, resta. Come vuoi lasciarci soli noi tre uomini?

ALBERTA    (scoppiando in pianto). Lasciami, Carlo. Ho bisogno di restare sola. (Ripete le parole di Alice.) M'hai fatto del bene ma ora basta. Io la odiai, dunque? La odiai? Come può immaginare una cosa simile? E non la immaginò mica or ora cosí sconvolta com'è. Deve averlo pensato da lungo tempo e rivelato il suo pensiero nell'ira.

PAOLI    (bonario). Non è cosí, non è cosí. Disse le prime parole che le vennero in bocca nel calore della disputa per aver ragione. Non hanno importanza. Da voi donne le parole non hanno mai importanza.

ALBERTA    Oh, dottore. Ella non sa che cosa sieno le parole. E il terribile è che a me pare di aver indovinato quelle parole prima. Io credo di averle lette nel suo cuore ieri e prima ancora. Le so però soltanto ora. Che dolore. (Piange.)

CARLO    Calmati e resta con noi.

ALBERTA     Non posso, non posso. Scusatemi. (Esce.)

CARLO       (seguendola). Ma via. Capretta mia. (Esce.)


## SCENA DICIASSETTESIMA

### TELVI e PAOLI

PAOLI Figurarsi che io a casa non dissi dove mi recavo per paura di essere disturbato dai miei malati. Non pensai che avrei dovuto difendermi anche dai sani. Ad una bella scena abbiamo dovuto assistere.

TELVI (trasognato). Ad una grande cosa abbiamo assistito. A cosa ch'io non dimenticherò più.

PAOLI Lei dice?

TELVI Com'era bella, com'era bella!

PAOLI La signora Alice? (Telvi assente muto.) Allorché si levò il velo?

TELVI Quando scoperse la sua fiera alta anima. Anche mia moglie andò via dimenticando ogni suo proprio interesse. Ed io soffersi quando pensai che avrei dovuto ammirarla. Ora non soffro più. Questa è alta e pura. Respinge da sé tutto pur di poter conservare la sua libertà. A mia moglie piacque di più l'altro. Ma io so che se questo fosse toccato alla signora Alice, essa avrebbe ricordato il mio grande dolore e sarebbe rimasta con me. Così si sarebbe comportato chi sa abbandonare tutto in questa forma. Oh! Com'era bella!

PAOLI Domani ritornerà e sarà tutto in ordine.

TELVI Oh! Lei non conosce Alice.

PAOLI Da quando la conosce Lei?

TELVI Da ora.

PAOLI Io direi che andiamo a pranzo al restaurant qui vicino.

## SCENA DICIOTTESIMA

CARLO e DETTI

CARLO     Non s'è lasciata convincere. Dobbiamo pranzare soli. In fondo io trovo che quella signora Alice avrebbe potuto attendere domani per fare quella scenata. Venite! Venite! Guardo che tutto sia pronto. (Li precede.)

PAOLI Magari questa sera. Poteva aspettare che ce ne fossimo andati.

TELVI Perché? Se avesse saputo attendere sarebbe stata meno generosa. Come quell'altra che attese la mia uscita e la mia piú lunga assenza nella giornata intera.

PAOLI Mio povero amico, voi siete innamorato.

TELVI Se questo è amore io allora lo sento per la prima volta nella mia vita. Grazie al Cielo! È dunque vero che io non amai giammai quella che scappò?

## CALA LA TELA

# ATTO SECONDO

Stanza in casa di Alice. Una porta di fondo e una a destra.

## SCENA PRIMA

TERESINA (in sedile) e CLELIA (arriva e riceve la preghiera ad alta voce di Teresina)

CLELIA        Si sta vestendo per uscire. Passerà di qua e allora Lei le potrà parlare.

TERESINA    Forse è meglio tu non le abbia detto niente. Cosí vedrò... ci penserò. Si fa presto a parlare. Poi si subiscono le conseguenze. È tanto difficile di dire ad una persona: Mi trovo tanto, tanto bene in casa tua ma vorrei andarmene. Come si fa?

CLELIA        Si può benissimo. Si dice: Come è cara e graziosa e comoda questa casa. Giusto quella che fa per me perché io non la voglio né piú ricca né piú vasta. Cosí mi piace. Voglio però lasciarla perché io sono un po' bizzarra e le cose che mi piacciono troppo non le voglio.

TERESINA    Tu scherzi invece che darmi un buon consiglio.

CLELIA        Io il mio consiglio ve l'ho già dato. Io trovo che qui si sta tanto bene. C'è il pittore che a me piace tanto di vedere.

TERESINA    Ne saresti innamorata?

CLELIA        Innamorata no. Io sono una poverina e non posso guardare tanto in alto. A me basta di vedere gli altri come fanno all'amore. Ho fatto quel forellino nella porta e da lí sto a guardare come s'avvicinano, s'avvicinano, s'avvicinano.

TERESINA    Brutta cosa spiare la gente cosí. E che cosa vedi?

CLELIA        Finora egli dipinge ed essa sta ferma. Ma s'avvicinano. Lavora da un mese a quel quadro e non ha ancora stabilito la distanza dal modello. Trova che ne è sempre troppo lontano. Avevano cominciato cosí: Lui là ed essa accanto alla finestra. Poi s'avvicinò sempre piú ma sulla finestra fu tesa una tenda. Eccolo anche lui quasi nel cantuccio. Però c'è un'oscurità tale che io dovetti allargare il forellino per poter scorgere qualche cosa. E come ci vede per dipingere? Infatti non mi pare che il quadro proceda. Io lo guardo ogni giorno e non vi scorgo nulla di nuovo. (Prende il quadro e lo guarda.) Ieri lavorò piú del solito. Ci mise la sua firma. Eccola: Sereni. Ma non mi pare che abbia fatto altro.

TERESINA    Metti via quel quadro. Alice viene. (Attesa.) Mi pareva di aver sentito un rumore

CLELIA        E se mi trovasse col quadro in mano che male ci sarebbe? (Ripone il quadro a suo posto.) A me piace anche che in strada c'è quel signore grasso e vecchietto che cammina su e giú con pazienza infinita guardando la finestra. Io mi diverto di affacciarmivi e fargli dei segni. Lui non vede me ma solo il mio fazzoletto. Ma io vedo lui. Quando movo il fazzoletto egli s'arresta e si appoggia al colonnino quasi avesse paura di cader per terra per la grande speranza improvvisa.

TERESINA   *Fai male, molto male. Te ne prego, cessa d'ingerirti in cose che non ti riguardano. Se* Alice ti scopre crederà sicuramente che sono stata io a indurti a spiare.

CLELIA   Ma io, perché no?, dirò ch'è il mio piacere di veder l'amore in istrada e qui.

TERESINA   Non ti crederanno. Che senso c'è di aver piacere di veder fare all'amore? Crederanno sia una vecchia che vuol vedere fare all'amore perché i giovani non guardano ma lo fanno loro. Crederanno ch'è stata la zia Teresina che vuole sapere come voleva sapere tutto nella casa in cui abitava quando disponeva di buone gambe e di buoni occhi. Guardavo tutto io. Come sarebbe differente questa casa se non fossi malata. Quella serva che ruba i migliori bocconi, quei bambini che non hanno nessuno che li educhi. Come sono cattivi! Quando io potevo movermi a questo mondo non c'erano di simili bambini.

CLELIA   Che fortuna per me di non avervi conosciuta prima.

TERESINA   Perché? Io ero buona, buona, ma anche molto attiva. Non ebbi mai fortuna. Ero la piú vecchia delle tre sorelle. Esse si sposarono ed io restai in casa coi genitori. Non si poteva mica sposarsi tutte. Io rifiutai tanti buoni partiti! Se avessi voluto... Ma bisognava che la persona piú assennata restasse in casa. Questa fui io... naturalmente. La mamma di Alice era troppo testarda e non la vollero. Testarda com'è la figlia. La mamma di Alberta era troppo vana. Avrebbe strappato le piante del giardino per addobbarsene. Alberta è anch'essa vana, ma si vede meno perché sta nella grande città ed ha i suoi parrucchieri ed i suoi sarti. È una grande signora. Cosí stetti io a casa e in questa sediola dura ci stava mia madre mentre io ero al tuo posto. Io ero però piú attenta. Tu sei troppo giovine. Quando spingi questa seggiola le dai di tali scosse che soffro come se dovessi correre io stessa.

CLELIA   Ma è difficile di far andare una seggiola come volete voi.

TERESINA   Vi era mia madre in questa seggiola ed io la movevo con maggior amore.

CLELIA   E che diceva lei di questa seggiola?

TERESINA   Essa, poverina, aveva un carattere guastato dall'età e dalle malattie. Si poteva essere dolci e lenti quanto si poteva ed essa si lagnava. La vetturetta andava soffice come sulle rotaie e tuttavia essa sentiva colpi e scosse. Io sono contenta, contentissima di te, cara Clelia, non parlo mica per lagnarmi. Anzi se lo domandi ad Alice o ad Alberta sentirai come io di te sempre mi lodi. Finisco ogni mia parola con la constatazione che sarebbe male ch'io non t'avessi. Sei la mia unica consolazione. (Poi.) Hai il sonno un po' duro. Questa notte cominciai a chiamarti alle cinque del mattino e mi rispondesti alle sette. Furono due ore un po' lunghe. Io, quando mia madre mi chiamava, con un balzo ero fuori del mio letto e accanto al suo.

CLELIA   Ma avete mai domandato a vostra madre se proprio vi svegliavate tanto prontamente quando vi chiamava?

TERESINA   Non mi rimproverò mai di avere il sonno troppo duro.

CLELIA   Si vede che essendo vostra madre le faceva piacere di vedervi dormire tanto bene.

TERESINA   Per me nessuno ebbe mai tanti riguardi.

## SCENA SECONDA

### ALICE e DETTE

ALICEIo devo uscire, cara zia. So che Alberta deve venir a trovarla di qui a una mezz'ora. Sia tanto buona di dirle che mi dispiace tanto, tanto di non poter attenderla qui. Ho molto da fare fuori e non potrò essere di ritorno che di qua a un due ore. Io credo ch'essa voglia parlarmi di Lei. Forse Lei si sente male in casa mia? (Fredda.) Mi dispiacerebbe tanto.

TERESINA    Chi t'ha detto una cosa simile? Io trovarmi male in questa casa? Io che amo tanto te e i bimbi? Sarei tanto dolente di lasciarvi. Io non ci penso neppure di lasciarvi. Per andare da Alberta - in quella casa di lusso ove non ci potrebbe essere posto per me? Mai piú. Io preferisco di restare in questa casa.

ALICE(rude). Senta, Clelia. Lei vada un momento di là. Ho da parlare con la zia.

CLELIA    Vado subito, signora. (Per errore trascina con sé anche la zia.)

ALICEMa che cosa fa? Le dissi di andarsene sola. Lasci qui la zia.

CLELIA    (confusa). Scusi tanto. Avevo dimenticato di levare anche questa mano calla seciola. (Esce.)


## SCENA TERZA

### ALICE e TERESINA

ALICESenta zia. Senza dire da chi l'ho risaputo... perché mi secca, devo avvertirla ch'io so che Lei non si trova bene in casa mia. Perché dunque fare dei complimenti? Lo dica a me, lo dica ad Alberta e la sia finita. Io faccio quello che posso perché non Le manchi nulla ma di piú non posso fare.

TERESINA    (cui manca il fiato). Ma chi ti ha potuto dire una cosa simile? Chi?

ALICE(piú dolcemente). Si calmi, cara zia. Non c'è nulla di male. Chi me l'ha detto vuole solo la sua comodità. Vuole fare in modo ch'Ella non abbia piú da soffrire.

TERESINA    Chi ha detto una cosa simile è un malvagio e nient'altro. Perché io mai, mai ho detto una cosa simile. Se fossi malcontenta verrei o cioè mi farei trasportare a te e ti direi: Nipote mia, cara nipote mia, io qui non mi sento bene. Tu fai quello che puoi per me ma non mi basta. Che male ci sarebbe? Me ne andrei sempre volendoti bene... Ma io mi trovo benissimo in questa casa e non andrei via che se tu mi mandassi via.

ALICEMa via zia! Come fa a dire una cosa simile? Io mandarla via? Mai piú! Io sono a sua nipote che farebbe di tutto per renderla contenta.

TERESINA    (dubbiosa). Davvero?

ALICEMa allora Ella è malcontenta di Clelia? Perché certo qualche cosa le spiace in questa casa. Ella s'è lagnata con qualcuno. Forse non si spiegò bene.

TERESINA    (caparbia). Io non mi lagnai mai di niente con nessuno.

ALICE(la guarda indecisa). E allora non so che farci. (Con un sospiro). Restiamo d'accordo cosí: Il momento in cui Ella fosse malcontenta di questa casa me lo dice e ci separiamo in buona pace.

TERESINA    Forse ieri in un momento di malumore mi lagnai con la vostra vicina la signora Albi. È lei che te ne parlò?

ALICEIo con la signora Albi non ho mai parlato.

TERESINA    Ebbene! Con altri io non parlai. Chi altri vedo io qui? Posso essermi lagnata di Clelia. (Con uno sguardo diffidente verso la porta.) E non è mica tanto. Ha il sonno un po' duro. Ma io non mi lagno neppure di questo. È tanto bello di vedere qualcuno a questo mondo che dorma bene. T'assicuro, Alice, io non ci penso neppure di lasciare questa casa. A quest'ora poi sono affezionata ai bambini. Come sono cari. Amo specialmente il piccolo Emilio che però per la sua età è un po' troppo progredito. Bisognerebbe impedirgli di leggere tanto.

ALICE(spazientita). Lo farò, lo farò, zia. Ed ora addio. Non dimenticherà di dire ad Alberta che mi dispiacque tanto di non aver potuto attenderla. (S'avvia.)


## SCENA QUARTA

### TELVI e DETTE

TELVI Si può?

ALICE(sorpresa). Il signor Telvi. S'accomodi. In che cosa posso servirla?

TELVI Servirmi? Non è mica la parola giusta. Avrei bisogno di parlarle.

ALICEElla conosce zia Teresina?

TELVI Solo di nome.

ALICE(presentando). Il signor Telvi, la signora Baretti.

TELVI (porgendole la mano). Tanto piacere. Ella sta bene?

TERESINA    Molto, molto bene. Perfettamente. In questa casa. Perfettamente.

TELVI Giacché ho osato tanto vorrei osare ancora, osare fino in fondo. Vorrei parlarle da solo a sola.

TERESINA    Ma io me ne vado, me ne vado subito. (Senza moversi.)

ALICELa zia non può muoversi da sola. Però se Lei è incaricato di un'ambasciata da parte di Alberta, la zia, voglio dire la zia mia e la zia di Alberta può sentire tutto.

TERESINA    Ma no, Alice. Io non voglio sentire dei secreti. Sto molto meglio se non li conosco. Te l'assicuro.

TELVI Io ho da dire alla signora poche parole. Sarà questione di qualche minuto.

ALICE(alla porta). Clelia.


## SCENA QUINTA

### CLELIA e DETTI

CLELIA        (guarda con sfacciata curiosità Telvi). Ella desidera?

ALICEPer qualche momento porti di là la zia.

TELVI (quando Clelia sta trascinando fuori la sediola). Signora, io spero di aver presto il piacere di rivederla.

TERESINA    Anch'io, anch'io.


## SCENA SESTA

### ALICE e TELVI

TELVI Sí! Non c'è da esitare. (Poi ad Alice che gli accenna di sedere.) Io non ho da dirle nulla da parte della signora Alberta. Iersera essa disse che anelava a far la pace con Lei. Io feci come se non avessi sentito. Ma io pensai che questa pace non si farebbe.

ALICE(sorridendo). Come lo può sapere lei? Alberta Le raccontò tutto?

TELVINon mi disse proprio nulla. Son io che mi feci quest'idea. La vidi tanto dolce e fiera, terribilmente fiera che pensai che non era possibile di sottometterla. Io penso che Lei sia cosí. Lo penso dacché La vidi. Ed io La vidi la prima volta quand'ero ancora con mia moglie. Poi cuando mia moglie fuggí, io non pensai altro che Lei e La pensai generosa e fiera. (Timidamente.) Sí Io non pensai altro che Lei. Ho detto tutto. (Quasi contento.)

ALICE(stupita ed imbarazzata). Tutto? Non comprendo.

TELVI Ecco! Io da un mese cammino su e giú per questa via. Guardo quella finestra. . credo sia quella. Il sole manda talvolta dei raggi che non so come fanno credere a quella finestra la figura che si sogna. Io mi stropiccio gli occhi... ma non serve. Capirà che per un uomo serio come me non è mica una posizione molto gradevole quella di sentinella davanti ad una finestra E allora ricordai che veramente io potevo osare tutto perché nulla avevo da perdere, nulla, proprio nulla. Il ridicolo? Per una quantità di gente io sono già ridicolo.

ALICE(protesta). Oh!

TELVI Grazie. Eppure Lei conobbe mia moglie.

ALICELa conobbi benissimo. M'era simpaticissima. Io la consideravo quale una moglie modello...

TELVI Anch'io. Questo non so perdonarle. A mezzodí mi stampò un bacio su questa guancia, proprio qui, mi brucia ancora, e alle cinque o alle cinque e pochi minuti fuggí. Poi disse ch'era impossibile di vivere con me. Lo disse anche a Lei?

ALICEEh, no. Altrimenti certo non avrei potuto considerarla quale un modello di moglie.

TELVI È vero, è vero. Lei non sa dire una bugia. È questo che mi conquistò. Ma non parliamo piú di mia moglie.

ALICESenta, signor Telvi. Io credo d'intendere quello che mi vuole dire.

TELVI (piuttosto lieto). Grazie al cielo, lei lo ha inteso e non occorre io Le dica altro. Soltanto Le domanderei una cosa.

ALICEIo vorrei dirle che mi sento onoratissima...

TELVI Scusi se L'interrompo. È proprio questo che volevo domandarle. Non vorrei una pronta risposta. Anzi non vorrei una risposta... se non ha da essere quale la voglio io. Per Lei dovrebbe essere semplice di compiacermi. Fare come se io non avessi detto niente. Non è semplice? Ed invece io ho detto tutto. Così, solo cosí, io sarò capace di non passare ogni giorno per tante volte per via Battisti. Adesso questa finestra l'ho vista dall'altra parte... È vuota... per il momento.

ALICE(sorridendo). Ma perché avrei da tacere? Io avrei da dirle anche tante cose buone. Io ho ogni simpatia per lei. Io so il dolore che Le è stato dato e vi partecipo con tutta l'anima mia.

TELVI E allora Le posso dare una buona nuova. Le farà piacere se Lei ha detto la verità. Io non soffro mica piú. Ossia io soffro per altre cose. Devo a Lei di non soffrire piú e devo a Lei di soffrire di nuovo. Faccia come se non avessi detto nulla... sia tanto buona. Cosí io ho detto tutto e nulla di male è avvenuto. (Sorridendo.) Siamo pratici noi uomini d'affari? È proprio per i miei affari ch'io faccio questo. Nell'ultimo tempo non sapevo attendervi piú. Prima causa mia moglie eppoi causa chi me la fece dimenticare. Ma adesso sarò piú tranquillo. Ho fatto tutto quello che dovevo fare. Pensarci ancora sarebbe da ragazzo. Il mio è un amore da uomo adulto. Penso a me stesso, ma penso anche e soprattutto all'altra. Vorrei avesse tutto. Ogni comodità, ogni piacere. Se avesse dei figli io li adotterei.

ALICE(imbarazzata). Non so come ringraziarla...

TELVI Da ringraziare non c'è proprio nulla. Neppure da rimproverare. (Guardandola ansioso.) Nevvero? Io faccio quello che debbo e non può esserci rimprovero. Ora vediamo l'altra parte. Io voglio parlare per l'altra parte. C'è qualcuno che mi conosce che dice ch'io sono un uomo molto noioso. L'ha detto anche a Lei? (Alice assente.) Grazie per la sincerità. È vero io sono un po' noioso.

Se vedo del disordine in casa non so tacere. È una cosa che si può intendere e scusare da un uomo d'affari. Nei miei affari io non abbandono nulla al caso. Prevedo quanto si può prevedere ed esigo ordine. Ma questa mia qualità finisce a vantaggio di chi mi sopporta... parlo di quella ch'è scappata, solo cosí è possibile che quando essa volle un gioiello o delle toilettes costose le ebbe sempre. È vero che poi talvolta m'arrabbiai se essa smarrí tali gioielli o se lasciava abbandonate al suolo le toilettes che tanto avevano costato. (Arrabbiato.) Al suolo e magari sotto ad una sedia. (Poi.) Io sono un uomo noioso. E ora appena so come ebbi torto. Chissà se saprei essere altrimenti? È troppo rischioso di provare, nevvero? Io proverei ma non posso mica consigliare gli altri di provare. Ognuno ha la sua vita e deve poter disporne liberamente. (Dopo una pausa.) Poi io sono noioso anche a tavola. Il medico m'ordinò di astenermi dalla carne perché altrimenti ci sarebbe la possibilità di un colpo. In una casa come la mia sarebbe stato facile di accontentarmi. Ebbene, no! E sa perché? Perché talvolta quando ho finito di mangiare quella roba insipida cui sono condannato, finisco col mangiare anche l'altra roba. che c'è sulla tavola. E allora essa disse che non c'era ragione di seccarsi per preparare la mia dieta speciale. Io m'arrabbiai. È tutt'altra cosa se mi capita il colpo per mia elezione che se mi viene per opera di chi dovrebbe starmi accanto a tutelare la mia salute. Ella dirà che un colpo è un colpo e che non c'è differenza fra un colpo e l'altro. Ma io non sono di tale avviso. Probabilmente anche qui sono ingiusto e un seccatore. In questo momento mi pare impossibile di poter seccare il prossimo per una cosa simile, ma poi viene il momento che potrebbe sembrare meno impossibile. Vede come cerco d'essere sincero? Io faccio del mio meglio per non ingannare il prossimo. È vero che negli affari faccio altrimenti e che di tutta la mia vita solo gli affari vanno bene. Non farei meglio di trattare tutta la vita come se fosse un affare?

ALICE(sempre imbarazzata). A me la sincerità piace. Ma...

TELVI So che la sincerità le piace, ne sono sicuro. Mi lasci dirle ancora una cosa... quella questione del divorzio. Non è mica insolubile. Bisogna cambiare di nazionalità e bisogna rinunziare alla religione. La religione non costa molto. Invece, come stanno le cose, la rinunzia alla nazionalità sarà costosa. Io ci perderò molti denari e una gran parte della mia posizione. Non fa niente. Se bisogna farlo bisogna rassegnarsi. Non posso mica domandare di sposarmi senza matrimonio. Ciò può fare qualcuno che si aspetta amore, passione. Un uomo piú bello di me e meno seccante.

ALICE(dolcemente). Non dica di queste cose, signor Telvi. Io non le ammetto. Non ammetto che Lei sia seccante e che vi sia alcuna ragione per mancarle di rispetto o di riguardo. Non posso in alcun modo... Ma Ella mi domanda di non dirle nulla che somigli ad una risposta. Perché dirle qualche cosa? Può essere ch'Ella abbia avuto ragione di parlare come ha fatto. (Telvi ascolta ansioso.) Se ciò Le dà un po' di pace (L'ansietà di Telvi cede.) Io vorrei vederla piú lieto. Disgraziatamente non posso far nulla per aiutarla.

TELVI E potrei rivederla, non spesso ma di tempo in tempo?

ALICE(dopo un'esitazione). Ben volentieri La rivedrò presso amici comuni.

TELVI Ho paura che di amici comuni non ne abbiamo piú.

ALICE È vero. Ma chissà? Alberta accenna a ricredersi. Per il momento essa s'ostina a pensare che sarebbe il mio obbligo di fare il primo passo. Ma potrebbe cambiare. Io confido ch'essa si ravvedrà e intenderà quello che ora non intende.

TELVI Perciò io dovrei abituarmi di nuovo a frequentare la casa di Carlo?

ALICE(ridendo). Aveva cessato di farlo?

TELVI Sí, a dire il vero. Non per proposito, sa. Io non uso arrogarmi dei diritti che non ho e perciò non potevo mica prendere le sue parti. Ma Carlo mi seccava. Non pareva neppure ricordarsi che in casa sua c'era stata una disputa alquanto vivace fra due donne sue congiunte. Sta bene tenere per la propria moglie che... altrimenti scappa (ridendo) ma non cosí.

ALICE Mi biasimò?

TELVI No, no. Non mi disse nulla. Non una parola. Per lui la cosa non è avvenuta.

ALICE È sempre trasognato e non capisce niente. Io ho ecceduto un po'. Che gliene pare?

TELVI Non sono di questo parere.

ALICE Eh! via! Io ho ecceduto. Ma che importa? Io mi compiaccio di quell'eccesso, io ne vivo. È una grande soddisfazione: Dire proprio quello che si pensa. Un eccesso significa un atto di cui ci si pente, non quello il cui ricordo dà tanto piacere.

TELVI (mormora). Anch'io vivo di quell'eccesso.

ALICE (si ferma sorridendo). Avevamo stabilito che io non risponda a simili frasi e voglio tacere. Senta, signor Telvi. La sua visita m'onorò moltissimo. Sono anche onorata di certe sue espressioni, anche di quelle cui io non ho da rispondere. Poi mi fece piacere che anche nel mio litigio con Alberta, Ella ha inteso da quale parte sia la ragione. Ciò Le fa onore. Ciò è da gentiluomo e gliene sono molto riconoscente. Molti altri che sanno piú di Lei non hanno capito un tanto. Carlo per esempio. Ma adesso io devo uscire. Ho da fare una visita eppoi non voglio essere in casa quando viene Alberta.

TELVI La signora Alberta? Qui?

ALICE Sí, viene a trovare la zia. Non credo sia ancora arrivato il momento di ritrovarmi con lei. Io sono tuttavia dispostissima di dirle le stesse parole che le dissi un mese fa. E ho paura che neppure lei abbia cambiato qualche cosa nel suo modo di pensare. È meglio dunque ch'io me ne vada.

TELVI Io ho da dirle due parole ancora eppoi la lascio libera. Quando noi in affari non riusciamo a combinare un affare ci separiamo dicendoci: Ad altra volta. Qui non è il caso di dire cosí. Ma abbiamo proprio da dire a mai piú? È quasi sciocco di dire a mai piú. Chi può dire come le cose finiscono? Eppoi finiscono le cose? Non c'è sempre la speranza?

ALICE Talvolta non c'è. Davvero io so di molti casi in cui non c'è. Ella m'aveva domandato di non rispondere.

TELVI E infatti non ha risposto. Se ha detto qualche cosa io non ho sentito. E se avesse detto qualche cosa io non ci crederei e, a costo di spiacerle, direi sempre che la speranza c'è.

ALICE (porgendogli la mano). E lo dica. Sarà di buon augurio anche per me.

TELVI (un po' alterato). Se fosse solo per lei non la direi. (Poi rassegnandosi.) Sí la direi anche per Lei, per Lei sola. (Le bacia la mano ed esce.)

# SCENA SETTIMA

## ALICE poi CLELIA e TERESINA

ALICE(dalla porta di fondo). Clelia! Può riportare di qua la zia. (Si mette il cappello dinanzi ad uno specchio.)

TERESINA    (trascinata in scena da Clelia, urla). Ma perché, perché? Io stavo tanto bene di là.

ALICEMa io non intendevo questo. Se la zia preferiva di restare di là, ne era padronissima. Suvvia! Riportatela di là.

TERESINA    (urlando a Clelia che già la trascina). Ma no! No! Adesso che sono qui lasciatemi qui.

ALICEClelia! Non sentite?

CLELIA        (confusa). Scusi, signora, non avevo sentito.

ALICEScusi, zia, se talvolta noi che Le stiamo d'intorno non intendiamo presto abbastanza quello ch'Ella domanda. Giacché Lei ha da stare in questa casa io intendo assolutamente che Lei sia libera di moversi stando dove piú Le pare e piace. Io La pregai di andare di là solo perché quel signore mi pregò di poter parlarmi a quattr'occhi. Se le dispiacqui (con un po' di sforzo) mi scusi.

TERESINA    Mi domandi scusa? Di che? Mi mandasti di là perché volevi parlare con quel signore due parole non destinate a tutti? Che male c'è? Non sei forse la padrona in casa tua?

ALICEIo non sono, io non voglio essere la padrona qui, quando c'è Lei, la sorella di mia madre. (Esita come se prima di uscire volesse abbracciare la zia.) Intanto che parlavo con altri io continuavo a pensare a Lei. Pare che proprio mi sia stata detta una bugia. Io sono ben contenta di sentire che Lei si trova bene accanto a me. Scusi se sono stata rude.

TERESINA    (inquieta). Ma non sei mai stata rude con me, te l'assicuro. Io non me ne sono accorta.

ALICEAddio, zia. (A Clelia.) E Lei badi d'intendere meglio quello che la zia domanda.

TERESINA    Ma è anzi molto attenta. Te l'ho detto poco fa che sono tanto contenta di lei.

ALICE(la guarda sorpresa, poi). Sí, zia. Lei è contenta di tutto e di tutti.

TERESINA    Me ne fai rimprovero?

ALICENo, zia. Io comincio a intendere tante cose. Addio, zia. Non vorrei ritardare troppo. Uscirò dall'altra parte. (Esce dal fondo.)

**SCENA OTTAVA**

CLELIA e TERESINA

CLELIA        Si capisce che parlate di me in modo che se non mi mandano via è loro bontà.

TERESINA   Non hai sentito anche tu che si lamentano che io sono troppo contenta di tutti? Questo poi io non arrivo ad intendere. Sono malcontenti perché sono contenta. Essa comincia a intendere tante cose. (Spaventata.) Mi vuole male.

CLELIA        (rabbonendola). Ma perché volete vi voglia male? Essa ha fretta. Vuole evitare la signora Alberta che avrebbe dovuto essere già qui perché sono le tre sonate. Oppure vuole raggiungere quel signore grasso dal passo lento e pesante che partí di qua tanto prima di lei. Chissà? Pare sia disposta di tradire il pittore ancora prima d'essere sua amante. Davvero mi dispiace. Per lui e anche per lei.

TERESINA   Che cosa vai dicendo? Come osi parlare di amanti? (Poi) E come sai che non lo sono ancora?

CLELIA        È evidente. Se fossero amanti non fingerebbero di dipingere.

TERESINA   Ma tu te ne intendi d'amore? Se non sei sposata?

CLELIA        Me ne intendo infatti pochissimo. Dedicai a quello studio solo le mie ore libere e voi sapete che non ne ho tante.

TERESINA   Prima avevi libere tutte le 24 ore.

CLELIA        Mai! Mai! Ero al servizio di mia madre ed è in famiglia propria che si lavora molto.

TERESINA   Sí, questo è vero.

CLELIA        Ed anche con voi sono come in famiglia propria.

TERESINA   Con me hai ben poco da fare.

CLELIA        Chi dà denaro crede di dare molto e chi dà da fare crede di dare poco. Io vorrei mettere un contatore su questa carrozzella per vedere quante miglia al giorno debbo farle fare.

TERESINA   Talvolta io vorrei tu lasciassi la carrozzella piú ferma. Ma hai già avuto un amante tu cosí giovine?

CLELIA        Io? (Stupita della domanda.) Mai. E voi?

TERESINA   Io? Mai, proprio mai.

CLELIA        Eh! via! L'avete probabilmente dimenticato. Ricordatevene, ve ne prego. L'amante è un uomo. Cammina, talvolta s'arrampica e grida e parla e talvolta, anzi molto spesso, tace.

TERESINA   (studio il proprio ricordo). Mai, proprio mai. Vedi, come destino siamo circa uguali.

CLELIA     Eh! Sí! Si direbbe. (Ridendo, poi.) Ma io sono piú giovine di voi e potrei ancora riparare a tanta... trascuranza.

TERESINA     Guarda a quello che fai. Presto l'onore di una ragazza è perduto.

CLELIA     Eppure vedete che talvolta anche vivendo lungamente non lo si perde.

TERESINA     Quello è il vanto. Per una lunga vita sempre pura...

CLELIA     E a che serve?

TERESINA     Servire? L'onore non ha da servire. Oppure... Sí! Serve intanto a biasimare quelli che non lo hanno piú.


## SCENA NONA

### ALBERTA e DETTE

ALBERTA     Buon giorno, zia. Ha una buona cera quest'oggi. (La bacia.) Ne son ben lieta.

TERESINA     (guardandola). Ho davvero una buona cera?

ALBERTA     E Alice? È di là? Non bisognerebbe avvisarla che sono qui?

TERESINA     Alice è uscita or ora.

CLELIA     E disse pure che non sarebbe ritornata presto.

ALBERTA     (alterata alla zia). Le diceste ch'io dovevo venire?

TERESINA     Certo, glielo dissi subito ieri.

CLELIA     Ero presente anch'io che la zia glielo disse.

ALBERTA     (con ira). Chi vi domanda di fare delle testimonianze di cui la zia non ha bisogno?

CLELIA     Credevo Lei me l'avesse domandato. Mi scusi.

ALBERTA     Sta bene. Adesso mi lasci sola con la zia.

## SCENA DECIMA

ALBERTA e TERESINA

ALBERTA     Che sfacciata!

TERESINA     È una buona ragazza... con molti difetti. Se tu lo vuoi mandiamola pur via. Però se si ha da licenziarla vorrei non ne fosse avvisata che al momento in cui avrebbe da lasciarmi. Te ne prego! Io sono del tutto in mano sua e se si arrabbiasse potrebbe sbattere me e la mia seggiola contro la parete. È molto robusta.

ALBERTA     Non ci penso neppure di privarla di persona che Le è gradita.

TERESINA     Gradita! Non è la parola. Non è mica piacevole di farsi spingere di qua e di là. Ma quando occorre è bene di trovare chi lo faccia.

ALBERTA     E ieri quando Lei disse ad Alice ch'io sarei venuta a farle visita essa subito disse che sarebbe uscita?

TERESINA     No! No! Non disse nulla. Oggi soltanto disse che sarebbe uscita e, infatti, uscí.

ALBERTA     (un po' abbattuta). Com'è ostinata!

TERESINA     Anche sua madre era cosí. Volle sposarsi quando e con chi volle lei. Volle... volle... sempre volle.

ALBERTA     (levandosi il cappello). Ebbene! Io aspetterò Alice. Vede zia! Qui siamo in due litiganti e questo sciocco litigio minaccia di farsi eterno. È certo che spetta a me di mostrarmi arrendevole. Facendo la pace io non ci guadagno nulla, anzi tutt'altro. Se continuiamo il litigio lei addirittura è rovinata. Tocca perciò a me di cedere.

TERESINA     E continua a tenerti il broncio avendo da perderci tanto? Ma allora devi averle date delle forti ragioni a risentirsi.

ALBERTA     No zia! No! Io neppure capisco come ciò avvenne. Io avevo scritto a Lei zia di venire a Trieste e dimenticai di avvisare Alice che avevo destinato che Ella andasse a stare con lei. In fondo che disturbo poteva arrecarle? Tutte le spese erano pagate da me. Volevo proprio pagare tutto.

TERESINA     (dolorosamente colpita). Ed è dunque per causa mia che avete litigato. Anche questo doveva capitarmi! Oh, se l'avessi saputo mai piú avrei accettato il tuo invito. Perciò Alice mi ha accolto cosí.

ALBERTA     Non capisco, zia. Che c'entra Lei?

TERESINA     Mi domandi come io c'entri e mi trovo cacciata dentro fra' vostri due odii? Oh! Oh! Tutto il corpo mi duole come se fossi posta fra due macine.

ALBERTA     Ma zia mia! Non si tratta mica di due odii. Tutt'altro. Io amo Alice. Da tre, quattr'anni io non penso che a lei. Le diedi denari, vestiti e masserizie. D'estate essa è mia ospite nella mia villa di Tricesimo ove anch'io starei tanto volentieri se non fossi obbligata di seguire mio marito che non si prende che un mese di permesso e deve dedicarlo alla cura del suo fegato. Ma Alice ha proprio

42

parlato d'odio?

TERESINA    (vivamente). No, non ha detto niente. Io mai ho sentito qualche cosa.

ALBERTA    (la guarda titubante). Veramente io non credo che la disputa sia sorta per causa Sua. (Poi.) Solamente allora dovrei pensare che ci sia sotto qualche risentimento piú profondo. Ma come avrei dato io motivo a risentimento. Invidia? Io da un mese studio e rivedo ogni parola della disputa e non riesco a intenderla. Ebbene! Oggi voglio chiarirla. Io resterò qui magari fino a questa sera ma voglio parlare con Alice. (Si leva il cappello e lo depone.)

TERESINA    (pensierosa). Già, io non c'entro, nevvero? Se tu vuoi restare io non posso mica impedirtelo.

ALBERTA    Certo Lei non c'entra. Ma come passeremo qui tanto tempo? Intanto, zia, perché mandò a dirmi che m'aspettava con tanta impazienza?

TERESINA    Ti fu detto impazienza? Non credo sia la vera parola. Desideravo di vederti, ecco tutto.

ALBERTA    (freddamente). Grazie.

TERESINA    Io in complesso qui mi trovo bene. Però trovo che sarebbe bene per me di ritornare in campagna. Come posso restare qui sapendo che il mio arrivo ha prodotto fra di voi un dissenso simile? Io, poverina, fra voi due. (Piange.)

ALBERTA    Ma zia, a mio sapere nessuna di noi due Le fece nulla di male.

TERESINA    Ma non mi amate. Non sai che quando si è deboli e malati si ha bisogno di aiuto e appoggio? Non mi amate. (Piange ancora.)

ALBERTA    Ma io Le voglio bene.

TERESINA    Anche Alice dice cosí, proprio cosí. (Poi.) E noi nati in campagna stiamo bene solo in campagna. Se ci fossi io non potrei piú salire quei colli nostri ma respirerei l'aria che ne viene. Poi potrei stendere i piedi fuori di questa seggiola e sentire l'erba, l'erba umida e fresca, l'erba piú soffice di qualunque piú soffice guanciale e sentirla e, forse, trarne qualche forza. (Poi.) Perché non m'allogheresti nella tua villa di Tricesimo? Io non posso ritornare dal cugino che mi volle via.

ALBERTA    Di solito d'estate in quella villa ci va Alice coi bambini.

TERESINA    Anche adesso che non vi parlate?

ALBERTA    Dipenderà da lei. Certo io la porrò a sua disposizione come se nulla fosse avvenuto.

TERESINA    Se non fate la pace essa non accetterà.

ALBERTA    Lo crede? Io ritengo che per una stupida ostinazione essa non vorrà rinunziare ad un vantaggio alla salute dei bimbi.

TERESINA    (con amarezza). Quelli lí sono sani e forti e non hanno bisogno di nulla. Dovresti sentire la loro voce. Tanti tromboni. Poi se anche vengono c'è posto per tutti. Io occuperei quella piccola stanzuccia a cui s'accede da quella porticina accanto alla stalla. Eppoi là sarei pure un poco utile ad Alice perché io so come si deve vivere e moversi in campagna. Poco utile, certo, ma un poco piú che qui. E a questo mondo per vivere felici bisogna pur essere un poco, un poco utili. Se non si serve a niente, proprio a niente, tutti ti guardano con quegli occhi che distruggono.

ALBERTA     Zia, se non vuole altro andrà a Tricesimo.

TERESINA     (commovendosi e baciandole le mani). Grazie, grazie.

ALBERTA     Ma zia. (Strappando le proprie mani dalla bocca di Teresina e subito baciandola in fronte.) Dica, zia: Com'è che Lei, invecchiando, si fece tanto dolce? Eppure dicono tutti che invecchiando il carattere s'inacerbisca. Ricorda? Quando noi, d'estate, si veniva a stare in casa del povero nonno, le nostre mamme ci affidavano a Lei. Bastava una sua occhiata per farci stare buone e (sorridendo) se ben ricordo anche le nostre mamme avevano un po' paura di Lei.

TERESINA     In allora ero tanto utile a tutti... era altra cosa. Nostra madre, la tua nonna, morí quand'io avevo diciassett'anni e io dovetti assumere la direzione di tanti minorenni. M'accorsi subito che l'interesse della casa esigeva ch'io alzassi la voce. Piú gridavo e meglio andava tutto. Gli armenti si moltiplicavano, il vino aumentava di ettolitri e con le patate si giunse a pesi mai visti prima. Ed io gridai, gridai. Mio padre me ne lodava. Tanto piú gridai. Tua madre si sposò giovanissima. Era dolce, bella e buona e non gridava mai perché gridavo io. Anche la mamma di Alice era bella e buona. Ma testarda! Io gridavo e lei invece piangeva e faceva silenziosa quello che voleva. Chi la sposò non poté accorgersene prima. Invece me non occorreva sposarmi per sentirmi. Ed io aspettai invano il marito perché - è strano - gli uomini sposano chi vogliono eppoi appena esigono si diventi quello che occorre. Perciò il matrimonio della mamma di Alice non andò tanto bene. Io fui stupida e lei anche.

ALBERTA     È il destino.

TERESINA     Il mio fu quello di gridare. Poi, invecchiando tuo nonno divenne melenso e firmò delle cambiali per pagare le quali bisognò vendere tutto. Papà morí poco dopo ed io andai a servire zio Enrico. Anche là gridai molto. Lo facevo per lo zio. Gridai meno però perché lui gridava piú di me. Come mi vedeva si metteva ad urlare. Tacqui quando mi posero in questa seggiola. Domandalo ad Alice e Clelia: Io non grido mai. Eppure potrei fare ancora del bene, ma non mi lasciano. Io potrei aiutare Alice ad educare i suoi bambini. Ma non m'ingerisco di nulla io oramai. Ho tanto bisogno di tutti.

ALBERTA     Ma se è cosí Lei potrebbe addirittura venir a stare da me.

TERESINA     Tu avevi paura di me? Perciò mi cacciasti in questa casa?

ALBERTA     (imbarazzata). No! No! Io allora non potevo; avevo un altro ospite in casa e non c'era spazio.

TERESINA     Ah! cosí! (Poco convinta, poi.) Puoi immaginare come volentieri io verrei a stare nel tuo bel palazzo. Ma tuttavia mi piacerebbe di piú andar a stare a Tricesimo. Muoio dal desiderio di rivedere la campagna.

ALBERTA     Vede, zia. La primavera è tuttavia esitante. Piove ogni giorno. La casa di Tricesimo è un po' vecchia. È una di quelle case nelle quali fa esattamente il tempo che c'è fuori. Ora sarà molto umida.

TERESINA     Ma non voglio venire da te perché non voglio offendere Alice. Voi siete come cane e gatto. Io non vorrei trovarmi fra voi due neppure quando vi guardate. L'odio è una cosa terribile per gli ammalati.

ALBERTA     Ma che cosa può importare a Lei di Alice che non seppe neppure dimostrarle abbastanza affetto per renderle sopportabile il soggiorno in questa casa?

TERESINA     Ma io non dissi questo. Se hai inteso cosí è stato un malinteso. Essa è stata sempre buona, buonissima con me. Solo poco fa perché credette ch'io mi fossi lagnata di lei mi diede un'occhiata, un'occhiata gialla e rossa, terribile.

ALBERTA     Ma Lei Alice non vedrà piú se non vuole. Che può importarle di lei?

TERESINA     (esitante). Io non ho che voi due a questo mondo. Due per una vecchia come me pare molto. Ma se perdo una di voi allora ne resta una e una è poco, molto poco. Potrebbe avvenire che tu ti stancassi di me e allora? Non per mia colpa perché io passo le mie giornate su questa seggiola studiando come debbo comportarmi per non avere delle colpe. Ma quelli che sono ricchi e forti si seccano di vedere sempre la stessa faccia implorante. Non lo dico mica per te che sei tanto buona. Lo dico per tutti. Per me prima di tutto. Ricordi la vecchia Anastasia? Io le diedi il piatto di zuppa ogni giorno per ben sei mesi. Ma essa voleva mangiare anche dopo ed io m'arrabbiai. Mi pareva che chi avesse protestato la sua riconoscenza per tanto tempo non potesse poi prendersela con chi le rifiutava il centottantunesimo piatto di zuppa. Invece essa subito m'augurò tutti i malanni e m'arrabbiai anch'io e diedi un calcio al suo canestro. È forse per questo ch'io fui poi ridotta a non poter dare degli altri calci. (Con un sospiro.) Quella brutta strega. (Poi). So che tu non dài dei calci ma io, per quanto la mia vita possa essere ancora breve potrei aver bisogno di tutti e anche di Alice.

ALBERTA     (ridendo). Com'è strana Lei, cara zia. Non sa che quello che faccio per Lei lo faccio anche per degli estranei? Lei non avrà mai bisogno di Alice. Di lei non ha bisogno neppur ora. Eppoi prima o poi Alice si sottometterà e saremo in due a curare la nostra cara zia. Vedrà, vedrà. Io conosco meglio di Lei la vita. La necessità non conosce legge. È stato quest'oggi il dottore?

TERESINA     (seccamente). Sí, grazie. (Poi.) Viene proprio per me?

ALBERTA     Certamente, cara zia.

TERESINA     Sta con me per cinque minuti. Poi, molto piú a lungo, con Alice.

ALBERTA     L'ho pregato io di parlarle. Vede zia ch'io faccio del mio meglio per arrivare alla meta che mi sono prefissa. Quando Alice avrà riconosciuto il suo torto, noi tutt'e tre staremo meglio. Alice, specialmente. Voglio essere molto generosa con lei. È evidente che le nostre relazioni non saranno piú le antiche. Certe parole non si possono dimenticare.

TERESINA     Sí, le parole sono ancora piú dure a sopportarsi delle occhiate. Oh, se lo so. Tutte queste cose io le so dacché son seduta su questa sedia. (Poi.) Sapevo che il dottore non veniva per me.

ALBERTA     Ma certo zia, per Lei. In questa casa non ci sono degli altri malati.

TERESINA     Io credo ch'egli si occupi tanto poco di me che ancora non sa ch'io sono malata alle gambe. Esaminò gli occhi, la schiena e il petto. E che cosa ti disse di Alice?

ALBERTA     Deve venire questa sera da me e allora sentirò.

TERESINA    (pensierosa). Se tu fai la pace con Alice, io tanto piú debbo badare di non offenderla. Essa certamente sarà per te piú importante di quanto io mai possa esserlo. Perciò, te ne prego, mandami a Tricesimo. Non mica ch'io stia male a Trieste. Anche la vostra città mi piace moltissimo. Cosí piena di pietre. A Tricesimo, però, vi disturberei meno.

ALBERTA    Non insista, zia. Ella m'offende. (Dura alquanto e Teresina n'è scossa.) Ma zia! Vedrà come staremo bene insieme. Ella mi parlerà dei nostri vecchi e di mia madre e anche di me quand'ero bambina.

TERESINA    E quando avrò finito?

ALBERTA    Com'è sospettosa! Quando avrà finito parleremo di altro. Di chi abbiamo parlato sinora? Eppure abbiamo passato insieme una mezz'ora ben gradevole.

TERESINA    (facendo tanto d'occhi). Davvero? Ma se vengo a stare da te voglio che Alice lo sappia solo al momento in cui me ne vado.

ALBERTA    Ma Lei ha proprio paura di Alice?

TERESINA    A torto perché essa mai mi disse una parola dura. Ma io da questa sedia sento anche quello che non mi viene detto. Devo averlo appreso da zio Enrico.

ALBERTA    Era tanto delicato zio Enrico?

TERESINA    No! Lui non sentiva niente. Ma quand'era arrabbiato si moveva in modo che tutti capivano quello ch'egli pensava. Cosí, a poco alla volta, quei medesimi movimenti, anche attenuati, io imparai a intendere da tutti.

ALBERTA    Farò dunque come Ella desidera. Nel pomeriggio manderò la macchina a prenderla e scriverò un biglietto ad Alice.

TERESINA    No! No! Prima manderai la macchina eppoi scriverai il biglietto. Cosí io me ne andrò e non la vedrò piú finché voi due non facciate la pace. Per molto tempo, perciò, io credo.

ALBERTA    Ella lo crede zia? (Interdetta.)

TERESINA    (esitante). Io non lo so. Tante idee io mi faccio nella mia solitudine e potrebbero essere sbagliate. A me pare... io penso che se essa fosse tanto ansiosa di fare la pace con te ti avrebbe nominata con me che sa che ti vedo talvolta, mai sí a lungo come oggi ciò che essa non può sapere perché quando tu vieni essa è sempre via. Mai essa fece il tuo nome in mia presenza altro che per dirmi di avvisarti che essa non sarebbe stata in casa per vederti.

ALBERTA    (avvilita). È infatti evidente.

TERESINA    Già a te non può importare nulla. Io credo anzi che questo litigio sia per te un buon affare. Per lei è altra cosa. Ma perché ha tanta superbia? Io so ma bada che non devi dirlo a nessuno che il tutore dei figliuoli finí col concederle degl'importi notevoli. Non so quello che se ne faccia. So che subito al mio arrivo prese per i bambini una maestrina che li conduce fuori. (Con ira.) Dei bambini non s'occupa neppure quando sono liberi della scuola. E della casa neppure. Là in cucina c'è una serva che si mangia i migliori bocconi se poi non asporta anche una parte per il suo amante.

ALBERTA    Eppure Alice fu sempre una buona madre. (Sconfortata.) Deve odiarmi per decidersi a consumare il piccolo peculio dei bambini.

TERESINA    Io non so come le madri sieno fatte in città. Da noi in campagna usa altrimenti. Del resto parla con Clelia. Essa sa tutto, tutto. (Ridendo istericamente.) Nulla le sfugge. Sa quello che dice il pittore e quello che dice lei e come procede quel ritratto che non sarà finito mai. Domanda, domanda a Clelia. È il suo divertimento. Essa ama questa casa perché c'è il pittore e perché sulla via c'è un signore attempatello che guarda con nostalgia a quella finestra. È stato qui poco fa e forse Clelia sa quello che ha detto.

ALBERTA    Ma fa allora la spia?

TERESINA    (spaventatissima). Naturalmente io la biasimo, voglio impedirle di star ad ascoltare. Se vuoi mandiamola via. Poi sto a sentirla perché non posso mica scappare io.

ALBERTA    (dopo un istante d'esitazione va alla porta di fondo e chiama). Clelia.


## SCENA UNDICESIMA

### CLELIA e DETTE

CLELIA    C'è il fuoco in casa che gridate cosí?

TERESINA    (mite e buona). Senti, Clelia, racconta un poco a mia nipote quello che sai di questa casa!

CLELIA    Dell'amante della signora Alice? Io ne so poco. Si baciano ch'è un piacere a sentirli.

TERESINA    (fingendosi irritata). Che cosa dici? Io volevo che tu parli del disordine che c'è in questa casa.

CLELIA    Oh! quello c'è dappertutto! Ma cosí una bella signora che si fa baciare da un amante cosí degno non c'è in nessun luogo. Guai se non ci fosse! In questa casa fra me e voi ci sarebbe da morire di noia.

ALBERTA    (indignata). Ma voi mentite!

CLELIA    E allora perché mi domandate se non avete da credermi? Volete che vi faccia anche vedere la casa ove abita l'amante della signora Alice! (Andando alla finestra con Alberta.) Abita quell'ultima casa là a destra!

ALBERTA    (mormora). Sereni!

CLELIA    (ridendo). E volete vederlo lui in persona? Guardate! Io espongo dalla finestra questo lembo di tendina e in dieci minuti lo vedrete comparire! È da tanto tempo che desideravo di farlo venire quando non c'è la signora Alice!

ALBERTA    Non capisco!

CLELIA        Quest'è il segnale! Se avete un po' di pazienza lo vedrete in persona.

ALBERTA        (vivamente ritira la cortina). Non fate ciò! Ve lo proibisco!

CLELIA        (c.s.). Una volta o l'altra voglio prendermi il gusto di far correre cosí un bel signore.

ALBERTA        Non permettetevi di simili lazzi coi vostri padroni.

TERESINA        (ridendo). Anch'io le dico che fa male di parlare cosí. E tu devi ricordare che non sono stata io a parlarti di queste cose. Io volevo solo raccontarti del disordine che c'è in questa casa. Di' la verità, Clelia, non siamo noi rimaste ieri a pranzo senza pane?

CLELIA        Stimo io! Ieri il lembo della cortina prese aria e allora manca sempre in casa qualche cosa.

ALBERTA        (incuriosita). Siete un bel tipo voi!

CLELIA        Credetemelo, se voi assisteste a tutte le storie che ci sono qui vi divertireste di certo anche voi. Qui non si fa all'amore come si usa nelle altre case, di notte. Qui lo si fa di giorno. I bambini sono a scuola. Berta è occupata a rubare in cucina ed io vengo esigliata in fondo al corridoio con la signora Teresina. Che cosa pretendete di piú comodo? Il centro della casa è libero del tutto. Ma io dal fondo del corridoio arrivo facilmente alla toppa di quella porta. Guardo, poi vado a rallegrare la solitudine della signora Teresina e a raccontarle a che punto siamo arrivati. Essa fa la schizzinosa ma... ci si diverte.

TERESINA        Impertinente!

CLELIA        E le fa bene per le gambe. Si figuri che ieri arrivò appoggiata al mio braccio fino a metà del corridoio. Dovette ritornare alla sua seggiola solo perché le era impossibile di camminare sulle punte dei piedi. Altrimenti essa avrebbe potuto giungere a quel buco della chiave come faccio io. Guardate quello che fa l'amore!

TERESINA        Volevo solo vedere se conoscevo quel signore.

ALBERTA        Ma Lei non conosce nessuno di questa città!

TERESINA        Poteva essere qualcuno delle nostre parti.

CLELIA        (pregando). Lasciate che metta alla finestra quel lembo di cortina. Sarebbe bello vedere il muso che farebbe quel signore a trovarci qui adunate ad aspettarlo.

ALBERTA        Ve lo proibisco assolutamente. Lasciatemi sola con la signora.

CLELIA        (mette il lembo della cortina fuori della finestra). Oh! lasciate questa cortina al suo posto.

ALBERTA        Volete smetterla d'immischiarvi negli affari altrui? Sfacciata! (Ritira la cortina.)

CLELIA        Erano affari che se io non ve li dava non erano vostri.

ALBERTA        Andatevene! Ricordatevi che in casa mia dovrete mostrarvi piú riservata e non creare pettegolezzi.

CLELIA        Veniamo a stare da voi? (Dubbiosa.)

ALBERTA        Oggi stesso!

TERESINA        (sorridendo). Vedrai che andiamo a stare meglio molto meglio.

CLELIA        Sí! Ma perché cosí subito? Non ne avviserete nemmeno la signora?

TERESINA        Anzi! Le cose saranno fatte come si deve! Nevvero, Alberta, che tu dirai ad Alice che non siamo state noi a chiederti di abbandonare questa casa?

CLELIA        (alza le spalle). Io certo non volevo andar via!

ALBERTA        Meno chiacchiere! Andate a preparare le cose della zia! (Si volge subito a Teresina e intanto Clelia pian pianino si avvicina alla finestra ed espone il lembo della cortina, poi esce.)


## SCENA DODICESIMA

### ALBERTA e TERESINA

ALBERTA        Dio mio! Quell'Alice! Cosí che subito dopo di aver litigato con me...

TERESINA        Ma chissà se è vero? Io non posso crederlo. Non ho visto niente. Quello che dice Clelia non è poi vangelo.

ALBERTA        Oh! è certo! Io ora capisco tutto! E forse essa litigò con me di proposito solo per staccarsi da me e dalla mia sorveglianza.

TERESINA        Non lo credo  Con te deve averla sul serio.

ALBERTA        Come lo sa?

TERESINA        Eh! dacché sono obbligata a non movermi mi sono abituata a guardare bene in faccia le persone. Quando si parla di te nei suoi occhi passa come un'ombra di rancore. Se lo può evita persino di dire il tuo nome.

ALBERTA        Eppure, me lo creda, io non le feci nulla di male. Vuole sapere la causa della nostra disputa? Ella non lo crederà. Si ebbe una conversazione sul suo futuro destino! Io non potevo prenderla in casa perché mio marito... sí... Ho tanto da fare che mi sarebbe stato difficile di dedicarmi a Lei. Alice invece dichiarò formalmente ch'essa doveva aprirle la casa sua.

TERESINA        (mortificata). Mi vuole piú bene di quanto avrei creduto.

ALBERTA        Meno di quanto Ella ora crede. Perché io naturalmente sentendo che Alice riteneva suo dovere di prenderla in casa sua, glielo scrissi io. Queste donne che non fanno nulla abbisognano di molto tempo per scrivere una lettera ed io credevo di farle un piacere scrivendola io in vece sua. Questo ella prese a pretesto per litigare con me (commovendosi) in modo incredibile.

TERESINA    Mi dispiace d'essere stata io la causa del vostro litigio.

ALBERTA    Lei non c'entra per nulla. Proprio per nulla. Se essa m'avesse fatta un'osservazione io non mi sarei offesa affatto. Prima voleva la zia Teresina, ora non la vuole piú. È semplice!

TERESINA    (con sforzo). Già! È semplice!

ALBERTA    Era una cosa che si poteva riparare tanto facilmente. Non vuole Ella ora abbandonare la casa di Alice? E dovrebbe perciò Alice offendersene?

TERESINA    Certamente, no! Ma ricorda, te ne prego che m'hai promesso di non dire ad Alice ch'io desidero di lasciare questa casa.

ALBERTA    Non tema zia! Io le offersi anche di riparare all'errore se lo avevo commesso e scriverle. E allora andò fuori dei gangheri e mi disse cose che non dimenticherò piú mai.

TERESINA    Cosí è vero che tutta la colpa è mia ed io capisco perché Alice mi guardi biecamente.

ALBERTA    Ma non lo creda, zia! Era un pretesto! Voleva liberarsi di me! Eppoi ora che ha l'amante non ha piú bisogno dei miei soccorsi! E per ringraziamento mi diede un ultimo calcio.

TERESINA    Sta zitta, te ne prego. (Tendendo l'orecchio.) Eccola! È il suo passo. (Dopo una lieve pausa, entra Alice.)


## SCENA TREDICESIMA

### ALICE e DETTE

ALICE(ha una lievissima esitazione alla soglia). Buon giorno!

ALBERTA    Buon giorno, Alice! Ho fatto tardi. Ma giacché ti trovo posso avvisarti che ho deciso di prendere con me la zia Teresina!

ALICE(guarda Teresina). Spero bene che la zia non abbia avuto a lagnarsi di me?

TERESINA    (abbassa gli occhi). No! Alberta può dire che a me anzi dispiace di dover abbandonare questa casa.

ALICEE allora chi ve la obbliga?

ALBERTA    La zia desidera di avere a sua disposizione un giardino e tu non ce l'hai.

ALICEAbitando in terzo piano non potrei avere che un giardino pensile.

ALBERTA    E nessuno ti fa naturalmente un rimprovero di non averlo. Ma giacché io l'ho è naturale ch'io l'offra alla zia.

TERESINA    (balbettando). Io forse potrei anche fare a meno del giardino fino a quest'estate in cui andrò a Tricesimo.

ALICE Ma no, zia, non faccia complimenti. Io sono convinta che in casa di Alberta Ella si troverà meglio. Io verrò anzi a trovarla come... Alberta viene a trovarla qui.

TERESINA   (sinceramente commossa). Grazie, cara Alice. Ti sono tanto riconoscente di avermi accettata in casa tua.

ALICE Oh! perché mi ringrazia? Io non feci nulla per Lei! (Sinceramente.) Non potrei fare nulla essendo tanto povera.

TERESINA   Te ne sono tanto grata perché so che tu veramente hai dovuto restringerti per farmi posto.

ALICE L'ho fatto volentieri zia!

ALBERTA   Dunque, zia, verrò a prenderla nelle prime ore pomeridiane. Arrivederci! (Offre ad Alice la mano guardando altrove, bacia la zia e s'avvia.)


## SCENA QUATTORDICESIMA

### SERENI e DETTE

SERENI   (entra quasi di corsa e resta stupito vedendo Alberta e Teresina).

ALBERTA   (stupita scopre subito che il lembo della cortina è fuori della finestra e resta interdetta).

TERESINA   (guarda anch'essa Sereni e la cortina alla finestra e mormora). Quella Clelia.

SERENI   La signora Bezzi!

ALBERTA   (esitante). Come state?

SERENI   Mi fa piacere di vedere che siamo in pace... Come sta Carlo?

ALBERTA   Sta benissimo. Mi domandò anzi di voi e perché non vi si veda mai.

SERENI   (sempre imbarazzato). Ma se mi si attende io non mancherò di venire.

ALBERTA   E perché dubitare che vi si attende? Una parola di più e una di meno non possono guastare vecchie amicizie come le nostre.

SERENI   Grazie! E per dimostrarvi che non aspettavo che una vostra parola per rivedere il mio vecchio amico Carlo, se mi aspettate un istante io ho solo da domandare un'informazione alla signora Alice e sono con voi. Ecco! La signora Carati mi telefonò di venire a domandare un'informazione su una serva che fu in vostro servizio per vario tempo. Essa sa che siamo tanto vicini e volli compiacerla. La serva si chiama... La Carati non sa neppure di certo se fu in vostro servizio!

ALICE(dopo un istante di riflessione, con le guance infocate va verso Alberta). Non affaticatevi, Sereni. (A bassa voce ad Alberta coi denti stretti.) Come osasti un tanto?

ALBERTA    (a bassa voce). T'assicuro che io sono perfettamente innocente di tutto questo.

ALICENon te lo credo! Anche ora che da te non prendo altro denaro, tu credi di avere un diritto in questa casa.

ALBERTA    Ti ripeto che io non c'entro. Dev'essere stata quella servaccia che mettesti accanto a zia Teresina a fare una cosa simile. Domati ora!

ALICE(ad alta voce). Per chi? Per te che sai, per la zia che sa o per noi due che sappiamo?

ALBERTA    Per me che non voglio sapere. Sereni, vi aspetto questa sera. Io devo correre. Addio. (Via.)

ALICE(va alla zia). Lei mi rimerita davvero della bontà ch'ebbi per lei e di cui Ella tanto parlò. Fare la spia in casa mia.

TERESINA    Oh! ti giuro che non è vero. Te lo giuro! Dev'essere stata quella Clelia! (Terrorizzata.) Te ne prego, Alice, non guardarmi cosí che mi fai male. Tu ora mi odii! Io non ti feci nulla, te lo giuro! (Si cela la faccia singhiozzando.)

ALICE(va alla porta a destra). Clelia!

TERESINA    (piangendo). Tu non dirai a Clelia ch'io l'accusai!

ALICEIo non litigo con delle serve.


## SCENA QUINDICESIMA

### CLELIA e DETTI

ALICELa zia vuol ritornare nella sua stanza.

(Clelia guarda con grande curiosità Sereni e poi trascina fuori Teresina che piange.)

SERENI    Io non ci capisco nulla. Chi poté sorprendere il nostro segreto coll'esporre quella cortina?

ALICE(appoggiandosi con abbandono alla sua spalla). Non mi importa di saperlo. Ti mandarono a me e fecero bene! Ora resta!

SERENI    E perché non mi lasciasti terminare la mia commedia?

ALICEM'accorsi ch'era inutile! Nessuno ti credeva! Non hai capito ch'erano tutti d'accordo? Alberta di solito resta qui pochi minuti. Quando la servetta o la zia le rivelarono che esponendo un lembo della cortina si poteva vedere arrivare il mio amante, essa volle levarsi il capriccio di sapere di chi si trattasse. Ti chiamò anzi prima ch'io venissi. Fu un caso ch'io fossi qui.

SERENI        Io penso che quando apprese che tu avevi un amante essa subito indovinò che si trattava di me. Essa sapeva ch'io t'amavo.

ALICEMa sapeva anche che amavi anche lei. Dico in passato! (Rispondendo ad un movimento di Sereni). Oh! quanto mi dispiace che colpita dall'inattesa tua comparsa non dissi ad alta voce: Ecco! Vi presento il mio amante!

SERENI        A me dispiace di vederti compromessa cosí! Ci tenevo tanto al nostro dolce segreto!

ALICEIo non ci tengo che a te. Segreto o pubblico il mio amore resta il medesimo.

SERENI        Doveva finire cosí! Abbiamo cominciato col disertare quella casa ambedue lo stesso giorno... la stessa sera.

ALICETu perché essa voleva che tu mi sposassi. Fu cosí che essa fece precipitare le cose proprio dove essa non voleva.

SERENI        Davvero? Credi che se essa non avesse parlato cosí, io sarei ancora solo ad aspettarti?

ALICEForse ho torto di dire cosí. Ti amavo sempre, dal primo giorno in cui mi dichiarasti il tuo amore e prima o poi sarei venuta a te ma... se ricordi, tu non rinvenivi dallo stupore che le cose sieno andate cosí presto. Tutti dicono che sei un uomo corrotto ma lo stupore non lo sai celare, ti si vede tanto bene. Ebbene. Le cose furono spinte a passo piú celere dall'ira.

SERENI        Cosí che io debbo la mia felicità ad Alberta?

ALICEIo ti amavo e ti amo! È difficile dire perché una donna si dia. Ricordo solo che avevo l'anima agitata dalla gelosia. Dio mio! Essa m'appariva tanto potente! Tu non negavi mica di fare la corte ad ambedue! (Commossa.)

SERENI        Sai! La corte... (abbracciandola). Insomma non so pentirmi di aver agito come agii se arrivai piú facilmente a te. Si capisce che cosí si doveva agire. Ma tu come sei pentita di esser divenuta mia!

ALICENo! No! Certo è ch'ero madre migliore prima!

SERENI        Ma perché? Mi frappongo io forse fra te e i tuoi figliuoli che non vedo mai?

ALICESe sapessi come sono lontana da loro. Noi due ci vediamo un'ora al giorno e le altre ore sono tutte invase da quella piccola ora.

SERENI        Se ci si fosse sposati sarebbe stato anche peggio!

ALICE(dubbiosa). Lo credi?

SERENI        Ho demeritato della tua fiducia tanto da farti pentire?

ALICENo! Io non sono pentita! Di' la verità! Se io non mi fossi arresa tu ancora penseresti che io sia una donna di facile conquista perché ho bisogno di denaro!

SERENI        Oh! no!

ALICESí! Sí! Lo penseresti ancora! Non m'offristi subito subito del denaro? E fu Alberta a farti credere che io sia cosí!

SERENI        No! Te l'assicuro! Io spiai, riseppi che Alberta ti dava del denaro e non te ne avrebbe dato piú...

ALICECome sei vivo quando si tratta di difenderla! Sai che mi dava del denaro e sai anche che non me ne dà piú... ed hai tutto indovinato per opera di qualche sortilegio. Com'è stata delicata! Io credo che molte persone sanno che essa mi dava del denaro e che non me ne dà piú.

SERENI        Non crederlo! Alberta è una buona donna! Certo gli affari di cui è obbligata ad occuparsi non servono ad ingentilirle l'animo. Fa continuamente la carità! Ma è buona! Può sbagliare...

ALICESe sapessi il male che mi fai difendendola...

SERENI        E se io ti offersi del denaro ero nel mio diritto. Mi doleva di pensare che mentre io godevo di tanta felicità tu forse ti arrovellavi in angustie e preoccupazioni. Era il mio dovere e il mio diritto. Ora che so che non ne hai bisogno posso solo rammaricarmi che mi togli uno dei godimenti dell'amore: Quello di dare!

ALICECaro! Ti sei espresso bene e te ne ringrazio. Ma se anche ne avessi bisogno (con energia violenta) non accetterei mai, mai. Neppure da te!

SERENI        Mi sento offeso da questa tua pazzia! Non è come se fossi tuo marito?

ALICE(seccamente). No! Per questo riguardo no! E non parliamone piú, te ne prego.

SERENI        (attirandola a sé). E sia come vuoi. Non sono certo qui per litigare. Ma senti! La bugia - io penso - è una necessità anche quando non può essere creduta. Io con la signora Alberta debbo pur mentire. Come farò a spiegarle la scena strana di oggi?

ALICETu vuoi andare da Alberta? Mai! Mai! Tu non devi mai piú rivedere Alberta.

SERENI        Ma sarà una conferma assoluta...

ALICEE lo sia! Che me ne importa? Io sono sicura che essa mi diffamerà presso di tutti. Attendo ancora questo da lei con voluttà. Avrò nuove ragioni per odiarla lei, la benefattrice.

SERENI        (con disdegno). Ma essa non lo farà.

ALICEOh! lo farà! lo farà! Oggi si prende in casa quella vecchia maligna che mi spiò e cosí saprà tutto. È fatto con intenzione!

SERENI        Oh! tu vedi macchinazioni dove...

ALICEE questa storia della cortina non ti dice abbastanza di che cosa essa sia capace?

SERENI        Non è certo ch'essa ci abbia avuto parte!

ALICE Come sei ingenuo... quando vuoi.

SERENI        Via piccola serpe! (Fermandosi.) Un'espressione del mio amico Carlo!

ALICE (fissandolo). Perché pensi ad Alberta!

SERENI        (seccato). No! pensavo a Carlo, al solo Carlo. Come farò io a rifiutare un suo invito? Siamo amici di gioventú sa.

ALICE (violentissima). Tu menti! Tu vuoi andare da Alberta! Non so io forse che Carlo tu disprezzi? Non mi dicesti ch'eri felice di non piú vederlo! Ebbene! Vattene!

SERENI        Ma Alice! Sta sicura che se tu non lo vuoi io Alberta non vedrò mai piú.

ALICE (piangendo). M'hai fatto male!

SERENI        Tu sei in uno stato d'animo... che non mi piace. Sai come ci tengo alla tua dolcezza!

ALICE E sarà intera, sempre, se non mi parli di Alberta.

SERENI        Donde tanto odio, per una persona che si considerava tua sorella e che può averti offesa con qualche parola, forse senza saperlo?

ALICE Oh! tu non puoi capire! Sei giornalmente con una persona che non ti fa niente di male, anzi che crede di farti del bene! E ti avvilisce e ti toglie la tua libertà e tu t'abbassi, ti abbassi! Sorridi quando avresti voglia di piangere, ringrazi quando nell'intimo non senti gratitudine, vai quando vorresti restare e resti quando vorresti andare. Son piccole, piccole cose ma pur insieme grandi tanto da riempire tutta la vita. E tu neppure sai che lo sforzo cui sei costretta e t'è imposto da quella persona. Un bel giorno quella persona preme piú del consueto su te e ti spinge finalmente a ribellarti. E ora infine tu sai perché la tua vita per mesi ed anni fu tale da non valere di essere vissuta. Respiri! Sei libera e sai chi ti avvilí e umiliò e la odii!

SERENI        Non capisco!

ALICE Vivendo come viviamo noi due tante cose tu non puoi capire! Ma voglio dirti una cosa. Certo, tu non sei sposato a me ma ora apprendilo: Io sono sposata a te. Ricordi come arrivai tardi quando tu per la prima volta m'aspettavi? Io passai per una chiesa per venire a te. Non c'era nessuno che m'assistesse ma io tuttavia mi legai a te. Già che cosa domanda Dio per non punire o gli uomini per non spregiare una unione come la nostra? Che sia fatta per la vita intera! Ora io mi promisi a te per la vita intera! Che io mi ritolga non è possibile ma che tu m'interdica d'essere ancora tua, sí, questo può avvenire.

SERENI        (molto seccato). Ma che dici!

ALICE (commossa). In quel caso per me non c'è che un mezzo per salvarmi dall'onta di veder considerata la nostra unione quale una tresca! Ed è qui! (Prende dal petto una boccetta appesa ad una catenella.)

SERENI        (spaventato). Un teschio! Del veleno!

ALICE  Sí! E me lo procurai prima di darmi a te.

SERENI  Spero bene che sia difficile di aprire questa boccettina.

ALICE  Basta mettere l'unghia là! Vedi! Là! e fare un piccolo sforzo. Ma aspetta! Se tu andassi da Alberta io riterrei subito che il momento di usare di questa boccettina sia giunto. Non esiterei neppure un istante! E ora cedi pure al suo invito e va da lei.

SERENI  Cosí che se io andassi da Carlo...?

ALICE  Ma che Carlo! E tu credi ch'io non abbia letto nei vostri occhi quello che voi volete? Il suo invito era sfacciato! M'offese piú che l'esposizione di quella cortina! Era fatto proprio al mio amante e con grande compiacimento di poterlo fare in mia presenza. Già! Essa è la mia padrona! Perché avrebbe da usarmi dei riguardi? Tu, poi, accettasti subito, subito con gli occhi lucenti!

SERENI  Ma io avevo un unico pensiero: Quello di non comprometterti. Perché avrei dovuto rifiutare dal momento che dovevo fingermi libero da ogni legame con te?

ALICE  È vero! È vero! Caro! Perdonami! Ma giura che non andrai mai da Alberta!

SERENI  Io vorrei vederti piú tranquilla, piú fidente nel mio affetto.

ALICE  Se mi aiuti ad eliminare Alberta a gettarla fuori - l'intrusa! - allora mi riavrai tranquilla. Senti! Senti! Son pochi giorni che sono tua e non penso che tu già senta il desiderio di altre donne! Ma questo tempo verrà e verrà il giorno che quando mi sarai accanto penserai ad altre ed io subito lo saprò. Ebbene non sarà quello il momento di ricorrere a questa boccettina! No! Io sopporterò quello ch'è il destino di tante mogli! Finché tu mi permetterai di starti accanto - cosa tua! - io sopporterò. Ma guai se fra queste donne ci sarà Alberta! Tu devi dimenticare di averla conosciuta, tu devi dimenticare Carlo che le appartiene e la casa sua e le parole che essa dice o che le vengono dette. Tutto mi offende. Non devi dirmi mai piú serpe! Chiamami magari col nome di un animale anche piú sozzo ma non con quello applicato a sua moglie da Carlo che ben sa quello che fa.

SERENI  Quale esagerazione!

ALICE  Io non domando la tua approvazione! Ma io ti diedi tanto che tu devi concedermi questo. Giura che tu non vedrai piú Alberta. Giuralo!

SERENI  Ma è mio obbligo di non trattare neppure con lei come se fossi il tuo amante. Con quale pretesto potrò esimermi dal farle la piú semplice visita?

ALICE  Te lo dirò io il pretesto: Le dirai che sei l'amante mio e che io non ammetto che la persona che piú amo abbia contatti con la persona che piú odio.

SERENI  Come mi sembri ingiusta!

ALICE  Oh! te ne prego! Giura che non la vedrai piú! Salvami la vita!

SERENI  Io non ci tengo affatto! Però...

ALICE  Giura! Non discutere! È inutile!

SERENI  Ebbene! Lo giuro! Ma adesso mi permetterai di dirti...

ALICENo! No! Adesso che hai giurato non parliamone piú! Eccomi tranquilla, eccomi lieta, eccomi amante! (Appendendosi a lui; poi si ricrede e va in punta di piedi alla porta di destra che spalanca; dietro di questa origliava Clelia.)


## SCENA SEDICESIMA

### CLELIA e DETTI

ALICEChe fate qui?

CLELIA        (poco confusa, un po' sorridente). Guardavo... guardavo se fosse rimasto qui il fazzoletto della signora Teresina.

ALICE(calma). E guardate, allora! Non osavate picchiare?

CLELIA        Potevo aspettare per non disturbare.

ALICEOra avete visto che il fazzoletto non c'è. Potete andarvene! (Spalanca la porta.)

CLELIA        (esce dopo di aver guardato Sereni).

ALICE(le sbatte sulla schiena la porta che copre con la tendina). C'è la sua spia! Oh! come ne ho piacere! Come ti amo! Mi pare di baciarti in sua presenza.


## CALA LA TELA

# ATTO TERZO

Estate. Salotto come al primo atto.

## SCENA PRIMA

TERESINA e CLELIA

CLELIA    La signora Alberta disse soltanto questo: Parlerò io oggi con la zia.

TERESINA    Ti parve adirata?

CLELIA    No! Solo un po' spazientita.

TERESINA    Ma io ti dissi di dirle che mi trovavo tanto bene in questa casa e che se volevo uscirne era soltanto per andar a stare in quell'altra casa, pur sua, a Tricesimo, perché avevo tanto desiderio di verde e di aria.

CLELIA    Credo di averle detto cosí ma tuttavia essa ne fu spazientita.

TERESINA    Eppure non mi pare d'aver detto nulla di male.

CLELIA    Ma io credo che ambedue noi sbagliamo sistema con la signora Alberta. Con la signora Alice è tutt'altra cosa. Là, certo, con un poco di moine era possibile di rabbonirla. Qui invece bisogna essere brevi. La signora Alberta non ha tempo. Voglio dire che per noi non ha tempo. Io andavo spiegandole che voi non volevate lasciare questa casa... assolutamente... Non credevate di poter restar priva di tutte queste comodità ma che tuttavia sapendo ch'era sua anche la casa di Tricesimo ecc. ecc. Essa dall'impazienza cominciò a pestare il suolo coi piedi, poi il tavolo con le mani. Aveva capito subito tutto e mi disse due tre volte: Parlerò io con la zia! E finí che dovetti tacere.

TERESINA    (spaventata). Tanto arrabbiata ti parve?

CLELIA    Non spaventatevi! Non vedete che esagero per farvi ridere? Certo è che mi fa un po' specie di vedermi tagliata la parola da chi finché ero in casa della signora Alice mi stava a sentire tanto volentieri!

TERESINA    (guardandosi d'intorno). Io, veramente, ho voluto sempre piú bene ad Alice che ad Alberta. Alice, poverina, è infelice. Mi voleva bene ma era sempre tanto distratta dalla propria sventura...

CLELIA    Chiamatela sventura!

TERESINA    Certo! Tu non puoi intenderlo ma è una sventura per Alice. Oh! poverina! Non vedevi come soffriva?

CLELIA        Talora, ma la vidi qualche volta tutt'altro che infelice. Certo che anche a me era piú simpatica di questa signora piena di pretese. Ad onta che certo la signora Alberta sa dirigere la sua casa un poco meglio che la signora Alice. Come tutto qui cammina in regola. Pare di vivere in un orologio.

TERESINA    Bella bravura con tutti quei denari. Alberta, sí, è buona fa molta carità, si dice. Ma, come affetto, tutta la sua carità non vale le lagrime di cui Alice irrora le teste dei suoi bambini. Povera mammina infelice! A me non manca nulla in questa casa ma ecco due giorni che non vedo Alberta. Bada di non dirglielo ma a me sembra che avendo una zia in casa potrebbe curarsene un poco di piú. Cominciò ch'essa mi propose di prendere i pasti in camera mia. Era comodo anche per me, certo, perché mi turbava di mangiare in presenza di quel signor Carlo sempre intorno ai suoi affari e poco cortese. In questa casa poi si parla molto di denari, un argomento che a me poco interessa perché non ne ho. Parlavano di 100.000, di 200.000, anche di 300.000. Ma però da parte di lei è stato una poco bella azione quella di cacciarmi fuori di tavola. Alice non mi parlava molto ma quando mi guardava traverso le lagrime, nel suo sguardo non c'era che affetto.


## SCENA SECONDA

CARLO dalla porta di fondo e DETTE

CARLO        Non c'è Alberta?

TERESINA    Buon giorno signor Carlo.

CARLO        Buon giorno, signora. Come sta? Ha una buona cera quest'oggi. Me ne congratulo! Arrivederci! (Scappa a destra.)


## SCENA TERZA

TERESINA e CLELIA

CLELIA        (ridendo). Com'è curioso di sapere come Ella stia.

TERESINA    Non è mai stato a sentire una mia risposta. Ogni giorno mi dice la stessa frase. Se ne avessi il coraggio gli direi subito non appena lo vedo: "Sto bene! Sto bene!". E cosí gli risparmierei la fatica di parlare lui. Ma già io non posso osare una cosa simile.

CLELIA        E allora lo farò io! La prossima volta che lo vedo arrivare a vele spiegate gli grido incontro: La signora sta bene, sta benissimo. È inutile che s'incomodi.

TERESINA    Oh! non farai una cosa simile! Promettimelo! Giuramelo!

CLELIA        Non spaventatevi! Ve lo giuro se volete. Ma quel signor Carlo! Come è antipatico! Io, non so nulla della signora Alberta ma lui, con tutti quei suoi affari, meriterebbe di portare i corni!

TERESINA    Vuoi tacere?

CLELIA    (saltando e ballando). I corni, i corni...

TERESINA    Pazza che sei! Vuoi star zitta? Mi fai morire di paura.


## SCENA QUARTA

### ALICE e DETTE

ALICE(entra; si sente ch'è agitatissima). E Alberta?

TERESINA    E neppur tu Alice ti degni di vedermi?

ALICEScusi, zia; non v'avevo vista. Io ero venuta per vedere Alberta.

TERESINA    E in un mese che sono via di casa tua non trovasti un istante di tempo per venirmi a salutare?

ALICESa! Non volevo vedere Alberta.

TERESINA    E adesso vuoi Alberta e tuttavia non vuoi me? (Piangendo.) Eppure io sempre ti volli bene.

ALICEMa in casa mia non volle restare.

TERESINA    Io non volli! Vergine Santa! Son io che volevo. Dillo tu. Clelia! Son stata forse io che volli andarmene. Diglielo tu!

CLELIA    Già a me la signora non crederebbe.

ALICE(un po' indifferente). Perché no?

CLELIA    E allora posso dirlo. La signora è stata messa su dalla signora Alberta.

TERESINA    (interrorita). Ma parla piano, parla piano. (Abbassando essa stessa la voce.) Eppoi, sai, io non sono andata via volentieri dalla tua casa. Questa è la verità.

ALICECredetemi zia che tutto ciò non ha importanza. Io vi voglio bene lo stesso. Alberta non è in casa?

TERESINA    Te ne prego, Clelia, va di là a mettere in ordine la mia stanza.

CLELIA    È già pulita.

TERESINA    E allora vattene istesso te ne prego. Voglio restare sola con mia nipote.

CLELIA        (seccata, avviandosi). Sta bene! Se non mi volete!

TERESINA     Te ne prego, Clelia, non arrabbiarti. Ti richiamo subito, subito.

(Clelia esce stringendosi nelle spalle.)


## SCENA QUINTA

### TERESINA e ALICE

TERESINA     Quanto mi dispiace che s'è arrabbiata. Poi le dirò tutto. Ma dinanzi ad altri non potevo parlare. (Con vivacità insolita ) Vieni, vieni, Alice. Siedi, te ne prego. Stammi più vicina.

ALICE(eseguisce incuriosita). Avete da dirmi qualche cosa?

TERESINA     (esitante per un istante solo). Sí! (Baciandole improvvisamente le mani.) Volevo dirti che ti voglio bene! Questo volevo dirti! Null'altro! Se sapessi quanto! Penso tanto a te, penso solo a te. Cattiva! In un mese non sei stata a trovarmi una sola volta. Ed io bruciavo dal desiderio di vederti. Ma non importa! Tuttavia di notte quando mi desto mi sento un caldo intorno al cuore: Anch'io voglio bene a qualcuno. Dopo tanti anni.

ALICE(tentando di ritirare le mani). Ma zia mia.

TERESINA     Tu non dir nulla perché già non puoi amarmi come io t'amo. Ma questo non fa nulla! Dove s'è visto che i figli amino i genitori come ne sono amati? Io sono la madre e devo amare senza esigere nulla. Guarda dacché ti voglio bene un nuovo calore è passato nelle mie vecchie membra! (Tenta d'alzarsi nella sedia e ricade subito.) È poco! Ma io so che se ti minacciasse un pericolo io saprei anche levarmi e correre per venire in tuo aiuto.

ALICEPovera zia! (La bacia.) Calmatevi! Potrebbe farvi male di agitarvi cosí. Ma prima non mi volevate tanto bene?

TERESINA     Sempre! Sempre ti ho voluto bene! Nella tua infanzia credetti di dover essere severa con te perché mi parevi molto testarda. Ma anche di quell'epoca come ricordo il mio affetto! Quando t'avevo sgridata poi ricordavo con un sorriso certe tue miti ribellioni. Ti piantavi sulle piccole gambe e mi guardavi coi grandi occhi azzurri come a vedere se i rimproveri t'erano fatti sul serio. Quando venni in casa tua ero ossessionata dal pensiero di darti disturbo. Ma quando arrivai in questa casa (abbassando la voce) l'unica cosa buona che vi trovai fu il mio affetto per te. l'intero mio affetto per te. (Cambiando tono.) E come va che tu povera mammina ami tanto i tuoi bambini e non sai guidarli e non sai sgridarli? Sai solo piangere per essi? Come può essere questo? La casa tua è l'ultimo tuo pensiero. Tu vai incontro alla tua rovina. Non te ne accorgi, Alice mia?

ALICE(la guarda un momento esitante e poi s'abbandona piangendo nel suo grembo).

TERESINA     (profondamente commossa e felice). Sí! Resta cosí! Qui nessuno ti può far nulla! Adagiati meglio! Cosí! Cosí!

ALICE(con voce rotta dai singhiozzi). Alberta ve lo disse ma essa non vi disse che fino a poco tempo addietro...

TERESINA   Con Alberta io mai parlai. Io vidi tutto, Alice cara, figliuola mia. (Baciandola.) Perché tu sei la mia figliuola! L'unica!... E sento acquistare tali forze per essere tua madre! E dico la verità, la posso dire: Tu manchi al tuo dovere verso i tuoi figliuoli, verso la tua casa, verso te stessa.

ALICE È vero! È vero! Ma sono tanto sventurata!

TERESINA   Lo so! Lo so! Ma pensa con me come si potrebbe fare ad essere meno sventurati. (Timidamente.) Non potresti lasciare quell'uomo che ti fa perdere la testa?

ALICE (tenta di rizzarsi). Mai! Mai!

TERESINA   Resta! Resta! Io mai ti farò un'imposizione che ti potrebbe indurre a lasciarmi. Tu lo ami?

ALICE Sí! Non potrei vivere senza di lui.

TERESINA   Ma e perché non ti sposa?

ALICE Mi lasci che mi levi zia! Se Alberta ci vedesse cosí! Penserebbe che abbiamo complottato contro di lei.

TERESINA   Lasciami almeno la tua mano!

ALICE Eccola! Ma, zia mia, voi non potete capire. Certo io sempre pensai ch'egli avrebbe finito con lo sposarmi. E pareva! Egli mi sente inquieta, infelice e credo mi ami sinceramente. Mi pareva poche settimane or sono ch'egli volesse portarmi questo sacrificio!

TERESINA   Sacrificio!

ALICE Eh! sí! zietta mia! Non è mica piacevole al giorno d'oggi di sposare una vedova con due figli.

TERESINA   Ma se ti ama!

ALICE Mi ama ma insomma... Sono già la sua amante ed egli potrebbe non vedere la necessità di sposarmi.

TERESINA   E dicevi che da qualche tempo lo vedi meno affettuoso con te.

ALICE Sí! Per colpa di costei!

TERESINA   Chi costei? Alberta!

ALICE Sí! lei! Dovete sapere che Donato in passato fece la corte ad Alberta. Essa ch'era una donna onesta gli fece capire chiaramente che perdeva il suo tempo. Ma ora, per rovinarmi, civetta con lui, lo fa sperare e lui in cui il desiderio antico rinasce ne è turbato.

TERESINA   Ama te e vuole lei?

ALICE Io di lui non so niente di certo. Ma di lei sí! Guardate! (Leva una carta dal petto.) Questa la trovai addosso a Donato ed è già tanto tanto (disperata) grave che non me la fece vedere. (Legge.) Carissimo signor Sereni, dunque quando manterrà la Sua promessa e verrà a trovarmi? Mi faccia sapere quando verrà acciocché mi trovi sicuramente in casa. Alberta. Tutto in questo biglietto tradisce la cattiva intenzione. Ella intende che quel preavviso che domanda è necessario per farsi trovare sola? E immagini come deve aver interpretato tale biglietto lui che in passato l'ha amata

TERESINA   (riflessiva). Io non credo ch'egli abbia corrisposto all'invito.

ALICE Come può saperlo lei?

TERESINA   Io no! Ma Clelia di certo lo saprebbe. Ella sa tutto! Io credo ch'essa veda traverso i muri.

ALICE Sí! In casa mia era facile! Ma in questo casone è tutt'altra cosa.

TERESINA   Ti assicuro che se anche la casa fosse il doppio di quello che è, essa arriverebbe a sorvegliarla tutta.

ALICE Non si potrebbe interrogarla?

TERESINA   E perché no? (Poi con malcelata soddisfazione.) Essa non può soffrire Alberta. Cosí, d'istinto! Perciò non le direbbe mai che l'abbiamo interrogata.

ALICE E se glielo dicesse a me non importerebbe affatto. (Corre alla porta a sinistra.) Clelia! Clelia!


## SCENA SESTA

### CLELIA e DETTE

CLELIA   Ha bisogno di me?

TERESINA   Sí cara Clelia.

CLELIA   Si capisce che di me avete bisogno. Divento anche "cara".

TERESINA   Come puoi dire una cosa simile? Non ti dico sempre "cara"?

CLELIA   Sí! Quando siamo sole ma quando siamo con altri voi ve ne vergognereste.

TERESINA   Come puoi dire una cosa simile? Non siamo ora in presenza di Alice?

CLELIA   Vuol dire che ambedue avete bisogno di me.

ALICE (fremendo). Ebbene! Lasciamo stare! Fosti piú pronta a rispondere quando Alberta ti chiese di ciarlare sul mio conto.

CLELIA   (ridendo). È questo che volete da me. Dio mio! Per quello che posso servirvi... Non capisco quello che può giovarvi di sapere quello che avviene in cucina in anticamera e in giardino.

TERESINA   Ma a noi importa di sapere quello che avviene giusto negli altri posti.

63

CLELIA     E allora non posso servirvi perché da quegli altri posti io sono esclusa.

TERESINA     (riflettendo). Senti! Tu non hai viste qui in questa casa delle persone che hai viste in casa di Alice?

CLELIA     Eh! tante! voi e me intanto.

TERESINA     E nessun'altra? Pensaci, Clelia.

CLELIA     Eh! sí! Vidi questa mattina qui per la prima volta quel giovanotto bello, dal profilo di statua, dai mustacchietti neri... il signor Donato Sereni.

TERESINA     E non me lo dicesti.

ALICEMa ne siete sicura?

CLELIA     Oh! bella! Io ne appresi il nome qui. Perché qui venne annunziato in piene lettere: Donato Sereni.

ALICE(agitatissima). Addio, zia! Io saprò subito la verità. (S'avvia.)


## SCENA SETTIMA

### CARLO e DETTI

CARLO     (vuol passare e vede Alice). Buon giorno, signora! Come sta?

ALICE(arrestandosi). Io sto benissimo!

CARLO     Dopo tanto tempo è la prima volta ch'io la rivedo in casa nostra.

ALICEInfatti tutti gli amici finiscono col ritornare a questa casa.

CARLO     (un po' stupito della frase dopo lieve esitazione). È perché io ed Alberta amiamo i nostri amici.

ALICESí! Li amate! Anche Donato Sereni ritornò a questa casa.

CARLO     Ritornò?

ALICEVoi non lo sapete? (Lo scruta.)

CARLO     (balbettando). Alberta si sarà dimenticata di dirmelo.

## SCENA OTTAVA

ALBERTA e DETTI

ALBERTA     (gentilmente). Alice!

ALICE(con ribrezzo ritirandosi). Sono venuta a trovare la zia.

ALBERTA     Sta bene! (Si volge a Carlo.) E tu avevi tanta fretta...

CARLO     (esitante). Io vorrei, Alberta, che tu ti spiegassi un momento con tua cugina. Da certe sue parole, io potrei comprendere ch'essa ti getta addosso un sospetto che non meriti - e sono tanto certo! - (Piú franco.) Le vostre relazioni possono rimanere quali sono ma non c'è mica bisogno perciò che una persona che tu circondasti del tuo affetto abbia a pensare di te simili cose. Se volete io mi ritiro e vi spiegate da sole.

ALICEIo non sento il bisogno di tali spiegazioni. Voi Carlo avete inteso benissimo quello che io avevo voluto dire. Glielo potete dire. A me basta. (S'avvia.)

ALBERTA     Te ne prego, Alice! Resta un momento. Ho anche da dirti qualche cosa. Io non mi sono ancora rassegnata che per quel lieve malinteso ch'è avvenuto fra di noi causa quella storia della zia, debba regnare fra noi un'eterna inimicizia. Vuoi che ci spieghiamo?

ALICEChi ricorda quella storia? Ora si tratta di tutt'altra cosa.

ALBERTA     So! So di che si tratta ma sono convinta che quando saprai come stanno le cose mi giudicherai altrimenti.

ALICEMa io ero avviata a sentire come stanno le cose.

ALBERTA     (calma). Sta bene! Poi potrai verificare se quanto dico è vero. Ma puoi stare a sentire anche quello che ti dico io? (A Teresina.) Zia! Non è questa l'ora ch'Ella di solito passa in giardino?

CLELIA     Oggi vuol piovere.

ALICEPer quanto mi riguarda la zia può restare presente a qualsiasi spiegazione.

TERESINA     Io vorrei andare in giardino. Se pioverà mi rifugerò nella mia stanza. Già la mia presenza non può giovarvi. Che cosa potrei dire io e chi mi starebbe ad ascoltare?

ALICE(con sdegno). Tutti devono stare ad ascoltare lei ch'è la sorella di nostra madre.

ALBERTA     Resti pure zia! Io la onorai sempre quale sorella di mia madre e non temo affatto di aver da arrossire dinanzi a lei. (A Clelia.) Quando avrò bisogno di voi vi chiamerò. (Clelia esce.)

TERESINA     (che ha riflettuto). Ma io, cara Alberta, non dissi mai che tu abbia mancato con me di affetto o di rispetto.

ALBERTA     (alzando le spalle). Non ha importanza, cara zia. (Ad Alice e Carlo). È vero! Donato Sereni è stato a trovarmi. Io non te l'ho detto perché ho dovuto promettergli di non dirlo neppure a te. E sai perché? Perché Alice aveva dichiarato che se sapeva ch'egli avrebbe varcata quella soglia ella si sarebbe suicidata. Capisci! A questo siamo arrivati!

ALICE(calma). Non so se Carlo sa che Donato Sereni è il mio amante.

ALBERTA    Lo sa! Lo sa! Chi non lo sa? Ma vieni qua Alice, vieni qua disgraziata! Tu da un momento all'altro hai cambiato carattere. Tu eri l'immagine stessa della riservatezza anzi della purezza. Tu addirittura vivevi nel rispetto del mondo e delle sue leggi. E ad un tratto hai gettato tutto in disparte e ti compiaci in certi atteggiamenti di ribellione che ti rovinano. Io voglio sapere da te una cosa sola: Sono io la colpa di tutto questo? Sono io che t'ho spinta a disprezzare tutto quello che onoravi, t'ho io spinta ad abbandonare quella via sulla quale dovevi trovare la felicità tua e della tua famiglia? Io non so ma la mia coscienza grida quando penso che un dato giorno tu mi volgesti le spalle e nello stesso tempo ti comportasti in modo come se della vita non t'importasse piú nulla! Son io la colpa di tutto ciò? (Alice la guarda esitante.) Come m'avviene di fare del male io che penso sempre al bene? Lo puoi dire tu stessa. Non parlo dei soccorsi che ti concessi ma ti aiutai specialmente coi miei consigli e ti diedi tutto, tutto il mio affetto. (Commovendosi.) Ne sono ben rimeritata!

ALICE(di nuovo decisa e offesa.) Ma non si tratta di quello che è stato. Io ora voglio sapere perché esigesti che Donato venga da te.

ALBERTA    (pallida). Io non ebbi bisogno di esigerlo! Bastò che io gli aprissi la porta ed egli venne subito.

ALICELa apristi piú volte. In mia presenza lo invitasti una volta ed egli non venne. Non so quante volte tu abbia poi aperta questa porta per costringerlo ad entrare. Mi dispiace di dover parlare cosí in presenza di tuo marito... Ma già tutti quanti siamo qui sappiamo che non lo chiamasti per amore. Lo chiamasti per odio, per avvilirmi.

TERESINA    (prende la mano di Alberta che le è venuta vicina per caso). Sii buona, Alberta! Se sapessi come essa è infelice.

ALICEZia! Debbo dichiararle che qui non ho bisogno di nessuno.

TERESINA    Scusami, Alice! Perdonami! Io credevo di far bene.

ALBERTA    Dicesti tu stessa che noi dobbiamo star ad ascoltare la zia la sorella di nostra madre.

TERESINA    No! No! Io non domando che mi ascoltiate. Io non so, io non capisco. Solo questo posso dire: Vorrei che facciate la pace. Io non capisco nulla e dico una sciocchezza ma vorrei che vi baciate senza altre spiegazioni.

ALBERTA    Stia buona, zia! Ella vedrà come tutto subito s'accomoderà.

ALICE(con aria di sfida). Davvero?

ALBERTA    Vorrei solo che tu mi stessi a sentire. Io te l'ho detto: Ero turbata dal vederti battere una strada che - permetterai che te lo dica? - non era la tua ed ero turbata che, forse senza volerlo, senza aver neppure il sospetto di offenderti - lo giuro, consapevolmente io mai t'offesi - tu fossi stata spinta, fuori della strada retta da me, dall'odio per me.

ALICETu non hai nella mia vita l'importanza che tu credi.

ALBERTA    E sia! Se avessi potuto avere tale dichiarazione da te prima io non avrei domandato di vedere Sereni. Io pensai invece: Forse, senza saperlo, del tutto innocentemente ho collaborato alla rovina di Alice. Ecco il mio obbligo di riparare. Perciò chiamai Sereni.

ALICEPer riparare? Strano!

ALBERTA    Sí, per riparare! Come mi vedi io sono incaricata da Sereni di domandare la tua mano. Hai sentito?

ALICEEd io rifiuto! Hai sentito anche tu? Io rifiuto! Ma è un po' strano! Egli sente il bisogno di domandare la mia mano col tuo mezzo. È incredibile! Mi vede ogni giorno e sente il bisogno di venire a cercarti per chiederti la mia mano. Di'! Hai dovuto affaticarti molto per indurre Sereni a sposarmi?

TERESINA    Ma Alice! Non vedi ch'essa pensa a fare il bene tuo?

ALICEZia! Ella non conosce Alberta come la conosco io. Guardi! Anche se fossi convinta che Sereni mi sposa per fare un piacere a lei io tale piacere rifiuterei. Io non voglio doverle nulla. Ma io so da lungo tempo che Sereni intende di sposarmi. Non occorreva la sua intromissione che annebbia ogni felicità. Ah! La sua coscienza le imponeva di aiutarmi! Ma che! La sua coscienza! Voleva ridurmi di nuovo in schiavitú. Questo essa voleva.

CARLO    Dio mio! Io credo signora Alice che Lei usi una ingiustizia ad Alberta.

ALICE(evidentemente vorrebbe dire a Carlo qualche cosa e si trattiene). Lasci stare!


## SCENA NONA

### CAMERIERA e DETTI

CAMERIERA(va ad Alberta). C'è da parecchio tempo il signor Chermis che aspetta. Domanda se questa mattina Ella potrà riceverlo.

ALBERTA    (con grande violenza). Che non mi secchi. Aspetti. (Cameriera via.)

ALICEAddio, zia! Finché Ella resterà in questa casa io non la vedrò piú. (A Carlo e Alberta.) Perché tante spiegazioni? Si finisce sempre col dire qualche cosa che non si vuole. Questo però voglio dirti. Ti darà qualche soddisfazione! Tu dicesti di aver temuto di essere entrata nella mia vita danneggiandomi. Non tanto quanto tu credi ma qualche cosa c'è di vero. Io m'imbatte in Donato (sempre con una lieve esitazione) quando ero avvilita da te, dai tuoi doni e anche dalla mia stessa ribellione. Tu non lo crederai ma anch'io ho una coscienza e la mia ribellione mi rimordeva. Chi non conosceva me e te avrebbe potuto crederla ingiusta. E avvenne proprio cosí, proprio come tu supponesti: Egli solo poteva nettarmi della tua carità e della mia ingratitudine. Io lo incuinai e fu vero perché poi io non pensai piú a te finché tu nella mia vita non entrasti di nuovo da nemica.

ALBERTA    (abbattuta). Da nemica?

ALICESí, da nemica. Permettete Carlo? (S'avvicina ad Alberta e le parla a bassa voce quasi all'orecchio scandendo le sillabe.) Perché io ora so ch'egli vuole sposarmi ma non so piú se m'ami. Tu sai perché egli corrispose al tuo invito e venne in questa casa? Tu lo sai? Gli scrivesti subito che volevi parlargli di me? Dimmelo! Glielo scrivesti?

67

ALBERTA     (altiera). Sí, glielo scrissi!

ALICE Ma egli non lo credette! Egli venne qui sperando che tu ora volessi parlargli... di te! E tu lo sai! Non negarlo! Non parlammo noi di lui, insieme, tante volte? Lo conoscevi allora e ora l'hai obliato?

ALBERTA     Tu dici una bugia.

ALICE (con un ghigno) Ah! Ah! (La guarda con aria di trionfo, poi.) E ora per nettarmi di questi nuovi benefici tuoi, a me non resterebbe che rinunziare al mio amore? Questo non so fare ma tu dovresti aver capito finalmente che l'unico beneficio che da te accetto è di esser lasciata in pace. Addio! (Esce.)


## SCENA DECIMA

### ALBERTA, CARLO e TERESINA

ALBERTA     (agitatissima). Hai sentito?

CARLO     Non sentii quello che ti parlò all'orecchio. Che ti disse?

TERESINA     Sii tu la piú buona, Alberta. Essa è tanto infelice!

ALBERTA     (irosa suona il campanello, va alla porta e chiama). Clelia!


## SCENA UNDICESIMA

### CLELIA e DETTI

ALBERTA     Portate via la zia!

TERESINA     (mentre viene portata verso l'uscita, piagnucolando). Tu sei adirata con me!

ALBERTA     No! zia! V'assicuro che non sono adirata con voi. (Le corre dietro e la bacia.) Scusatemi se vi mando via ma ho da parlare con mio marito. Subito dopo vengo da voi a parlare di questa gita a Tricesimo a cui tanto tenete.

## SCENA DODICESIMA

CARLO e ALBERTA

ALBERTA    Tu hai il diritto di sapere quello ch'essa mi disse all'orecchio. Voglio essere esatta. Mi disse ch'essa ora sa che Donato la vuol sposare ma non sa se ancora l'ami. Perché essa sa, sa intendi?, che se egli accorse al mio invito era nella speranza di trovare me, intendi? me disposta al suo amore.

CARLO    E tu che cosa le rispondesti?

ALBERTA    Io? Nulla! Che potevo risponderle? So io quello che passa per l'animo di Donato?

CARLO    Non lo sai?

ALBERTA    Non lo vedevo da tanti mesi.

CARLO    Non vorrei agitarti facendoti anch'io dei rimproveri ma mi pare che tu avesti torto d'immischiarti ancora nei fatti di Alice.

ALBERTA    Per te che non t'occupi dei fatti altrui è ben facile parlare cosí. Ma come potevo io sopportare tutto questo disdegno dopo tutto quello che ho fatto per lei? Come non sente Alice che da parte sua è semplicemente abietto di trattarmi cosí, ora, perché non ha piú bisogno di me?

CARLO    Donato in passato ti fece la corte! Tu ne ridesti tanto che io non pensai di proibirgli la mia porta! Io non sono geloso, lo sai, ma mi pare che tu abbia fatto male di riceverlo cosí in segreto.

ALBERTA    In segreto? Lo ricevetti poco fa in questa stanza alla luce del giorno.

CARLO    (abbracciandola). Te ne prego non vederlo mai piú.

ALBERTA    Certo non vedrò piú né lui né Alice. Vedo che anche tu mi rimproveri. Eppure io non volli nulla di male. Mi pareva di aver scoperta la via migliore per fare la pace con Alice! Nient'altro! (S'abbandona con uno scoppio di pianto nelle braccia di Carlo.)

CARLO    Eppure hai fatto male povera la mia moglietta! Piangi perché lo sai.

ALBERTA    (piangendo). No! Piango perché non c'è giustizia.


## SCENA TREDICESIMA

CAMERIERA e DETTI

CAMERIERA  Scusi! Signora! La signora Alice è caduta a terra svenuta qui nell'atrio.

ALBERTA    La signora Alice! Ma come? Ancora qui? S'è fermata in atrio?

69

CAMERIERA (riservata). Il signor Chermis le parlò e poi la vidi cadere a terra!

ALBERTA    (s'avvia). Chermis? Non capisco nulla! (Poi.) Te ne prego, Carlo! È meglio che tu vada. (Alla cameriera.) Mi mandi subito Chermis. (Carlo e cameriera via, Alberta va alla porta e grida.) Chermis!


## SCENA QUATTORDICESIMA

### CHERMIS e ALBERTA

CHERMIS    Ma non è nulla! È già rinvenuta. Io già lo dicevo sempre ch'è meglio aver da fare con mille uomini piuttosto che con una donna.

ALBERTA    Insomma sei tu la causa di questo svenimento? Che le dicesti?

CHERMIS    (esitante). Io? Nulla! Sapete perché è caduta svenuta? Io le dissi: Dovrò dirlo alla signora Alberta. Patapumf!

ALBERTA    Ma che cosa volevi dirmi?

CHERMIS    Posso ora dirlo? La sola minaccia di dirlo la fece cader svenuta. Se lo dico sul serio essa ne morrà.

ALBERTA    Non è il momento di lazzi questo. Dimmi subito di che si tratta.

CHERMIS    Voi sapete padrona ch'io sono un uomo economo che guarda al soldo...

ALBERTA    (battendo i piedi). Che c'entra questo?

CHERMIS    Ebbene, io avevo risparmiati 2000 franchi e li prestai alla signora Alice...


## SCENA QUINDICESIMA

Due servi portano ALICE e la adagiano su una poltrona, poi escono, CARLO e DETTI

ALBERTA    (ai servi). Chiamate il medico.

CARLO    Forse non occorrerà. È un semplice svenimento.

ALICE (apre gli occhi). Alberta! (Li richiude.)

ALBERTA    (piena d'affanno). Oh! Alice! Come stai? Riapri gli occhi.

ALICE(piangendo). Oh! Alberta! Aiutami! Non ne posso piú!

ALBERTA     Sorella mia! Non hai mica bisogno di pregarmi.

**CALA LA TELA**

# ATTO QUARTO

## SCENA PRIMA

CHERMIS e ALBERTA

ALBERTA    Qui hai i tuoi denari 2100 franchi.

CHERMIS    Eccovi le cambiali. Occorre però il saldato.

ALBERTA    Non occorre! (Le straccia.)

CHERMIS    Sembra che voi l'abbiate con me. Supponete forse che io abbia rubato a voi questo denaro?

ALBERTA    A me dispiace che tu abbia a fare l'usuraio.

CHERMIS    (irato). L'usuraio! Io!

ALBERTA    Stimo io! Il 30 per cento...

CHERMIS    Ma che 30 per cento. Si parla del 2,1/2 % al mese.

ALBERTA    Che fa il 30 per cento all'anno.

CHERMIS    (a mezzo confuso a mezzo petulante). Ma che! Questi affari si trattano a mese.

ALBERTA    Bada che sentendoti parlare cosí finisco col perdere ogni fiducia nel mio grande uomo d'affari. Veramente non capisci d'aver domandato troppo?

CHERMIS    (con malizia avendo trovata la via da seguire). No! Io non ho domandato troppo. Sapete, padrona! Ci sono due specie di denari. Quelli che guadagnate voi restando vestita come siete voi e abitando in questo palazzo e quelli che guadagno io vestito cosí e abitando un tugurio. Certo i vostri si possono regalare verso un inchino, due, dieci inchini. I miei no! I miei devono essere pagati. Io degl'inchini non so che farmene.

ALBERTA    (spazientita). Ma io non t'impongo di regalare i tuoi denari. Dovresti prendere un interesse da persona proba.

CHERMIS    (scoppiando). E se ci fossero delle persone che preferiscono di prendere il denaro all'interesse che lo do io piuttosto che di pagare quello che domandate voi?

ALBERTA    Eh! via!

CHERMIS    Oh! non occorre andare tanto lontano per trovare di tali persone. La signora Alice per esempio!

ALBERTA    Hai visto ch'essa ha finito col prendere i denari da me!

72

CHERMIS     Perché io volli i miei! Stimo io! Era ridotta a non avere piú la libertà di scelta! A me non pagava neppure l'interesse! E non lo pagherà neppure a voi. Quella lí non paga né interesse né capitali.

ALBERTA     (un po' violenta). Ma io non domando nulla.

CHERMIS     E allora avrete tutto quello che domandate. Ma non sarete contenta! Io sono un uomo comune, ma certe cose le capisco bene. Voi non sarete contenta!


## SCENA SECONDA

### CARLO e DETTI

CARLO       Buon giorno! Come sta?

ALBERTA     Ha dormito tutto un sonno e mi parve del tutto rimessa.

CHERMIS     Sta male la signora Alice?

ALBERTA     No. Ora sta benissimo! Puoi andartene, Chermis! Ritorna domani; per oggi non ho voglia di sentire altro.

CHERMIS     Buon giorno! (Ridendo a Carlo.) Una buona signora la signora Alberta. Ma non con tutti! Con me l'ha a morte.

ALBERTA     Non dire sciocchezze e lasciaci, te ne prego.

CHERMIS     Eh! vado, vado. Che furia. Arrivederci, padrone. (Esce.)


## SCENA TERZA

### ALBERTA e CARLO

CARLO       Donato sarà qui presto.

ALBERTA     (lo guarda attenta). Tu! mio povero amico soffri di gelosia. Hai abbandonati gli affari e sei venuto qui per sorvegliarmi!

CARLO       Oh, per sorvegliarti! Questo non si può dire.

ALBERTA     Ma qualche cosa di simile.

CARLO       (sorridendo). Sí! Per sorvegliare Donato. Di te non temo. Temo di lui. (Attirando a a sé.) Vedi! Egli è un noto donnaiolo eppure mai lo temetti come ora. Si sapeva da tutti che ti faceva la corte. Ma solo ora mi fa impressione.

ALBERTA     Ora ch'è in procinto di sposarsi!

CARLO     Sí, ma sembrerebbe che si sposi per far piacere a te.

ALBERTA     Ma non hai sentito da Alice che anche senza il mio intervento egli l'avrebbe sposata tuttavia?

CARLO     Ed è vero? (Pensieroso.)

ALBERTA     Sai, io a Sereni dovetti promettere che mi sarei addossata le spese dell'educazione dei figliuoli di Alice. Era la minima cosa che potevo fare. (Abbracciandolo.) Te ne prego, non torturarmi. Oggi che sono tanto felice di aver riconquistata la fiducia e l'affetto di Alice. Quello che io finora ti dissi non è del tutto vero! Anch'io ebbi le mie colpe e sono pronta di riconoscerlo. Con tutte queste mie beneficenze io finii col fare un po' di confusione. Alice andava trattata come una sorella e non come una poverina che avesse avuto bisogno di sola carità e non prima di tutto di affetto.

CARLO     Ma tu dicevi di averglielo dato tale affetto.

ALBERTA     Sí! Io lo dicevo e lo credevo anche. Ma pare non fosse cosí! Ella sentí che c'era una mia volontà di padroneggiare e si ribellò. Può aver avuto torto perché mi fece male, molto male. Ma io non posso che stimarla di piú. Non accettò niente da lui e piuttosto si acconciò a far debiti. Come è stata forte! Anche lui mi aveva detto di non averle mai dato un centesimo ma io non gli credetti. È questo che mi fece sentire i miei torti.

CARLO     Credimelo! Se vuoi conservare l'affetto di tua cugina devi stare attenta come procedi con Sereni. Essa è gelosa di te.

ALBERTA     (ridendo). E tu, anche! Come va che solo Sereni e solo ora ti faccia paura!

CARLO     Ho da dire la verità? Anche se ti può seccare? Ebbene! Ti vidi tanto accesa dal desiderio di vedere Alice ai tuoi piedi che ti stimai capace di comprometterti a questo scopo con Sereni.

ALBERTA     Dio mio! Come avete potuto pensare tu ed Alice una cosa simile? Vedi che in qualche cosa io devo aver sbagliato per acquistare un simile aspetto ai tuoi occhi e ai suoi. Ma non farti dei pensieri per Sereni! Io, se lo vuoi, non lo vedrò che quello che occorre per restare accanto ad Alice che di me ha bisogno.

CARLO     Io non penso di farmene dei pensieri ma desidero che neppure Alice se ne faccia. Hai visto che finché essa non venne ad accusarti a me io non dissi niente.

<h1 style="text-align:center">SCENA QUARTA</h1>

ALICE e DETTI

ALICE(appoggiata allo stipite della porta). Vedete che sto in piedi abbastanza bene da sola. Ora posso andare a casa.

ALBERTA     Ma perché? Perché tanta fretta?

ALICELasciami andare. Ho da fare tante cose.

ALBERTA     Vuoi lavorare nello stato in cui ti trovi?

ALICENon si tratta di lavorare. Devo disporre di tante cose. La zia me lo disse che io trascuro i nostri bambini. Con un coraggio di cui né io né tu l'avremmo creduta capace. Non voglio piú trascurarli. Ora che le mie cose... in grazia tua... si trovano regolate, non voglio che si possa piú dire di me una cosa simile. Il mio primo pensiero dev'essere per i miei figliuoli. (Commovendosi, poi.) Me ne dispiace per mio marito... Abbiamo stabilito di chiamarlo subito cosí, nevvero?

ALBERTA     (è andata a prenderla e l'appoggia per condurla al tavolo.) Sarà subito qui  Noi due vi lasceremo soli, vi spiegherete e tu avrai intera la tua serenità. È una cosa tanto semplice!

ALICE(guardandola con curiosità). Ti pare? Anche a me parve, allora... In fondo quali doveri avevo io? Verso me stessa! Ma se a me stessa non ci tenevo! In complesso, debbo dirlo, ho avuto fortuna, grande fortuna. (Abbattutissima.)

ALBERTA     Non sembri abbastanza felice.

ALICEÈ che sto male! Eppoi le cose sono messe in modo che mi vergogno un poco dinanzi a voi.

CARLO     Neppure agli occhi di un negoziante come son io un amore come il vostro non rappresenta una vergogna.

ALICEVi ringrazio, Carlo. Ma non è di ciò che io mi vergogno. È di apparire quale una bambina cattiva e debole. Sí! Cattiva! E debole! Una bambina che si ribella! Che si ribella! Che si sottomette! E trovo voi, buoni come dei genitori. Mi accogliete come... come... il figliuolo prodigo. (Ad Alberta a bassa voce.) Tu hai pagato quell'uomo?

ALBERTA     Sí!

ALICEMa gli hai dato tutto, tutto quello che gli avevo accordato e che a te pareva troppo?

ALBERTA     Certo, tutto!

ALICEE quanto ti debbo?

ALBERTA     (un momento resta stupita). Non c'è premura. Te lo dirò poi.

CARLO     Capisco che avete da parlare insieme e vi lascio. Io spero che queste spiegazioni faranno bene ad ambedue. Arrivederci! Di qui a mezz'ora sarò di ritorno e spero di ritrovarvi, signora Alice. (Le bacia la mano.)

ALBERTA     (lo accompagna alla porta). E ti sono passate le rane?

CARLO          Bada che quella signora m'appare alquanto fosca. È a lei che devi levare le rane. (La bacia in fronte e via.)




## SCENA QUINTA

### ALBERTA e ALICE

ALBERTA     (ritorna ad Alice e la contempla). Di'! Alice! M'hai perdonata? Del tutto?

ALICEQuale domanda! (Con riso forzato.) È la stessa domanda che io volevo rivolgere a te.

ALBERTA     Ma non avresti avuto da aspettare tanto per la risposta. Non vedi come sto studiando la tua faccia per comprendere quello che tu attendi da me? Dimmelo, tu, come possiamo essere di nuovo le buone sorelle che siamo state nella nostra infanzia?

ALICELo vuoi? Lo vuoi davvero? Ecco! Se vuoi essere buona devi aiutarmi! Ma non farmi la carità!

ALBERTA     Ma si può dire quella brutta parola quando io sono pronta di darti tutto, tutto? Carità significa una cosa piccola, meschina! Io invece ti dico che ti do tutto quanto ti può abbisognare e tutto quanto io posso dare. Questo non è piú carità, mi sembra.

ALICEÈ una carità fatta senza misura ma è una carità ed io non la voglio. Io ora ho bisogno di molti denari e se non avessi te sarei disperata ma non li voglio in dono. Perché non me li presteresti? Io, fra poco, sarò abbastanza ricca. Non potrei restituirti il tuo denaro?

ALBERTA     (gelida). Bisognerebbe allora stabilire anche un tasso congruo d'interessi come fa Chermis.

ALICETu sei offesa? (Con impeto improvviso.) E allora non li voglio i tuoi denari. Farò quello che non avrei voluto fare a costo della mia vita. Li domanderò a lui.

ALBERTA     No! Non ho mai detto di non volerteli dare. Quanti ti occorrono?

ALICEOltre quelli che desti a Chermis mi occorrerebbero circa tremila franchi... forse basterebbero 2500.

ALBERTA     Li vuoi subito?

ALICENo! Non c'è premura! (Dopo una lieve esitazione.) Mi basteranno per domani. (Con certa ansietà.) Puoi darmeli?

ALBERTA     Come puoi dubitarne!

ALICE(con calore). Grazie! Grazie! Mille grazie! Mi salvi proprio da un grave intrigo. Perché... devi sapere... che io non dovevo dei denari mica al solo Chermis.

ALBERTA     E preferivi tutti questi pensieri e intrighi al venirmi a dare un bacio quando io non desideravo altro?

ALICESí! Ero fatta cosí, io... allora! E avevo tanto bisogno di denari! Dovevo pur farmi bella... per lui.

ALBERTA     Ma e come intendevi che sarebbe finita tutta questa storia?

ALICEDio mio! Tutte le storie a questo mondo finiscono. Io m'ero provveduta di una boccettina di veleno.

ALBERTA     (coprendosi la faccia). Oh! disgraziata! disgraziata! E i tuoi figliuoli?

ALICEI miei figliuoli? Quelli rappresentavano l'unico dolore. Ma poi io ti conoscevo. Saputami morta tu saresti accorsa. E loro, giovinetti, avrebbero potuto essere cresciuti alla gratitudine che tu volevi.

ALBERTA     Sicché tu pensi che per conservarsi la mia amicizia bisogna mostrarmi una grande gratitudine?

ALICENon una grande gratitudine ma quella che ti spetta. Io fui sconoscente. Lo so! Lo so! Ma io non so essere altrimenti. Per cambiarmi sarebbe occorso quella fialetta...

ALBERTA     Non parlarne!


## SCENA SESTA

### CAMERIERA e DETTE

CAMERIERA(porge ad Alberta un biglietto di visita).

ALBERTA     Sereni! Venga, venga.

ALICE(seccata). Senza seccarvi qui non avrei potuto rivederlo in casa mia?

ALBERTA     Te ne prego, Alice. Rivedilo qui e non altrove. Non ti domando altro. Non gratitudine per esempio. Di quella sei esonerata. Non mi devi niente! Lo proclamo ad alta voce: Io ti sarò grata per sempre se mi lascerai condurre questa soluzione nel modo piú decoroso.

ALICE(con sguardo torvo). Si tratta del decoro della famiglia. Capisco!


## SCENA SETTIMA

### SERENI e DETTE

SERENI     (lieto passando stringe la mano ad Alberta). Grazie, grazie! (Corre ad Alice e le bacia la mano.) Vi sentite bene?

ALICE(offrendogli le labbra). Perché non mi dai del tu? Capisco la tua intenzione e te ne ringrazio. Ma davanti ad Alberta. Dubiti ch'essa sappia?

SERENI        La mia valorosa moglie! Hai ragione! Non ipocrisie davanti alla signora. Le dobbiamo tanto! Essa intese meglio di me quello che faceva al caso nostro.

ALBERTA        Ma via non ringraziate! Io non ho fatto proprio nulla. (Accennando a Sereni di tacere.) Quello che ora debbo fare e sono sicura che per ciò e solo per ciò mi serberete riconoscenza è di lasciarvi soli. Poi Alice desidera di ritornare a casa sua. Io avrei voluto trattenere Alice finché è tanto debole ma essa dice ch'è attesa e che ha tante cose da fare.

SERENI        Non ti troveresti meglio curata in questa casa piuttosto che nella tua ch'è tanto deserta?

ALICE(un po' nervosa). No! Ve ne prego! Non fatemi parlare per cosa che non vale la pena. Voglio ritornare a casa mia! Scusami, Alberta, ma non posso rimanere qui.

ALBERTA        E chi vuol opporsi alla tua volontà? La carrozza sarà subito pronta. E mi chiamerete quando avrete finito di spiegarvi.

SERENI        Ma non possiamo parlarci anche dinanzi alla signora? Già! Quali segreti ci sono fra di noi? Essa sa che ti amo!

ALICEGià! Potremo parlare a casa!

ALBERTA        No! Parlate qui! Ve ne prego! Eppoi desidererei che fino al vostro matrimonio non vi vediate piú che in questa casa! Volete farmi questo piacere?

SERENI        Sarà forse meglio! (Guarda Alice che si stringe nelle spalle.)

ALBERTA        Sorveglierò che vi si lasci in pace. (Esce.)


## SCENA OTTAVA

### SERENI e ALICE

SERENI        (s'inginocchia accanto alla sedia ove è seduta Alice). Se sapessi come ho sofferto dacché ho appreso che stavi male. Sapevi già di quanto s'era concordato con la signora Alberta?